世界很忙，而你刚好愿意为我有空

尺度 著

YOU
ARE
NOT
ALONE

版 武汉出版社

（鄂）新登字08号

图书在版编目（CIP）数据

世界很忙，而你刚好愿意为我有空／尺度著. 一武汉：武汉出版社，2017.1

ISBN 978-7-5582-0994-9

Ⅰ.①世… Ⅱ.①尺… Ⅲ.①随笔-作品集-中国-当代 Ⅳ.①I267.1

中国版本图书馆CIP数据核字（2016）第287765号

上架建议：畅销·文学

著　　者：	尺　度
责任编辑：	刘　挥
出　　版：	武汉出版社
社　　址：	武汉市江汉区新华路490号　邮　编：430015
电　　话：	（027）85606403　85600625
	http://www.whchs.com　E-mail：zbs@whchs.com
印　　刷：	北京正合鼎业印刷技术有限公司
发　　行：	北京天雪文化有限公司　电　话：（010）56015060
经　　销：	新华书店
开　　本：	880×1230mm　1/32
印　　张：	8　字　数：180千字
版　　次：	2017年1月第1版　2017年1月第1次印刷
定　　价：	36.80元

自序　看似人来人往，背后都是交汇 ●●●

那年，夫爷大四，因为不愿让大学就这么混过去，就想闹个大新闻。他读书的那个年代，大学生创业还是一件体面的事。最起码，女同学会给他赞许的眼神，而不是被翻白眼。

可惜的是，"尺度"成立没几个月，校园里开始流行"全民创业"。十个大学生里就有两三个声称自己要创业。

尺度的体重担当——肥妹，曾经是个在大学做杂志的金融妹子，偶遇夫爷，被他拉上贼船。以至于连人生轨迹都改变了——弃金融改做了新媒体。毕业一年半后，她辞掉了互联网公司的工作，开始全职运营起尺度。

她邀请了 yummy 在尺度写旅行栏目，yummy 毫不犹豫地说："好呀"。

尺度公众号中有一句话是："人是万物的尺度。"而对于那个姑娘来说，手中的相机便是衡量眼中世界的尺度。每一个平凡的个体，背后一定隐藏着许多不为人知的最独特的故事。

当时的江小船在互联网公司按部就班地工作，工作间隙老是被肥妹约稿、采访，以至于开始在尺度发了第一篇专栏文章。接着她对着后台惊呼道："啊，你们居然有十万粉丝！"如果要算，从高一开始码字的她，写文已经是她长久的习惯。

偶然机会，小船拉上三位直男——袁艾家、来福和穆木，他们每周围绕着一个词语，做着一词多义，各有面目的人生理解。一个个词汇蹦跳出来，勾起大家的兴趣、讨论和深思。

一年前的番薯君，在高楼林立的 CBD 大国央企办公室内看到尺度的招聘，立马洋洋洒洒写下了求职信，怀着忐忑的心点击了发送，他想着：我又不是什么专业人士，就当投稿。还没下班，显示屏的窗口跳出了邮件提示："番薯君你好，恭喜你已经……"此事让他一度骄傲至今。

玉蜀黍那个时候刚刚换行，从一个不是专业的行业跳到另一个不是专业的行业。工作很无聊但很轻松，看到征文启事的时候，他犹豫了一下，还是投了稿。让玉蜀黍没有想到的是，不到两个星期，他已经在咖啡厅里和肥妹、夫爷一起讨论想写什么样的文章了。

就这样，不止以上提及的这批人，组成了尺度公众号的样子。回想起来，尺度的故事，跟人生的际遇很像：冥冥之中，上天注定。

看似人来人往，背后都是交汇。

希望你喜欢这里所呈现出来的文字，以及故事。

尺　度

●●●

●●●

目　　　录

CONTENTS

●●●

/
PART1
/
相聚有时，后会有期

/

直男词典
一词多义，
各有面目的人生理解，
三个直男无足轻重的经验之谈。
/

你们总说最缺安全感 ●●●

在这个世界上，无常是一种常态，不变的往往是转变。我们在事物的流转之间，总会追求所谓的"安全感"。比如，将自身隐藏进一间老屋子，像老鼠般独居；又比如，把自己关在车厢这样的封闭空间，让人即便在旅途中也能找到安适的感觉。安全感在于个人，是一种很私密的状态。

本篇关键词：

安	全	感

（一）隐秘的逃离

老家有一套房子，没有人住，常年闲置。最近父亲说要卖掉，我厚着脸皮阻止了他。每隔一段时间，我都会收拾行李，从深圳跑回老家，一个人住上三五天。

这件事情没有为家人所知，因为我很难解释"为什么当我回家的时候，不往父母的住处去，而是一个人跑到墙面破损、没有坐式马桶的这个已被'放弃'的老房子里"。

通常我会在夜晚抵达，抹干净灰尘，为自己收拾一张桌子，铺一床被子，然后开始我隐秘的逃离生活。除非工作需要，我才会回到人群里。所幸那里的热水、电和洗衣机都还在。说到底，隐秘的生活仍离不开现代化带来的舒适感。

张大春曾说过"像老鼠一样独居"，这句话对我有着特别的吸引力。每天拉上窗帘，打开已经老化的电灯，在光线不足的条件下借着电脑发出的光亮工作。由于互联网的存在，我跟外界保持着接触。我无意过一种瓦尔登湖式的生活，也从未想达到远离家用电器的地步。只是脱离，满足自己身体逃遁的欲望。

隐藏自身，是安全感的来源。

少年时期躲在被窝里看《哈利·波特与魔法石》，读到哈利披上隐形斗篷，进入霍格沃兹的禁忌森林，便深深迷上了这个故事。和别人探讨过隐藏的事情，譬如睡觉时需要把身体完整地裹进被子里；暴雨天逃课，躲在钢筋水泥筑成的宿舍里，感受暴雨给世界的无差别攻击。这些都给了我隐秘的快感。

某天跟穆木聊到，在日常生活中产生"逃离"的念头，是一件非常"现代"的事情，而"逃离"的可能，也是现代生活所赋予的。

在过去，人对时间和空间的概念未曾如此明确，也从未被"上学""工作""航班时刻表"这样的东西规范自己的生活。飞机和高铁的发明，让人意识到生活可以通过里程而产生更大可能的延展；资本把时间变为生产力，让人不得不依照钟表时间安排日常生活。

人是"社会演员"：握手、就餐、Lady first（女士优先）……现代社会的每一个角落，处处是舞台，人人都要学会表演，摆脱是绝不可能的。

对于社会，人既能"离开"，又不可能"逃脱"。大概如此，人才渴望动物旅行，不断逃离、隐蔽，但徒劳。

来　福

（二）躲进车厢成一统

近来自驾了一趟去梅州，第一晚车上有来福与欢爷。

来福是我朋友中唯一一个可以和我聊港乐的人，他上车不久就播出了手机中杨千嬅的歌，我们二人相谈甚欢，而坐在后排的欢爷一路沉沉入睡。

来福压低声量说，欢爷像是一具被我们摆在后备厢的尸体。

第二天来福离开了，副驾位换成了欢爷，我的聊天对象也变成了他。我们一路北开，直至第三个晚上，他也离开了。那天晚上我在梅州市区看完电影，一个人驱车走夜路从梅州开往大埔，六七十公里的高速上没有任何发光体，我把车厢里的音乐调到尽可能大——仿佛声音大一点，我因孤寂带来的恐惧感就会小一点。

想起自己不少次一个人的旅途。包括大二冬天那年一个人去洞庭湖，独自步行在湖水退后的堤岸上，现在回忆起来，那时候一个人问路、倒公交，却并没有任何不安。倒是自己开车的时候，这种不安感会比较强烈。

理论上车厢是一个密闭体。譬如你在车中，从某程度上看是与外部攻击（歹徒或者飞沙走石）隔绝的。人在此获得安全感，然后又具备移动的能力，只要有足够的行李、熟悉的音乐、无压力的心情，你可以利用一个车厢复制出一个完整的"生活"。

我甚至觉得这验证了汽车的发明与应用。它既能把内心躁动的人类送到他们想到达的地方，又可以把人类对安全感的需求打包收纳进一个车厢里。

杨千嬅《少女的祈祷》有句歌词："沿途与他车厢中私奔般恋爱"——为什么是私奔，又为什么是车厢。这说得好像是，再狂野的浪漫，仍需安全感的庇佑。

那天晚上我驶抵大埔县城，小小山城晚上十一点多就寂寂无人。我挑了一家觉得还不错的酒店，在前台问出"今晚还有房间吗？"的时候，我竟然觉得这有某种"杀人越货"后的疲惫感与背德感。

试想一下，人在感到对周遭一切熟悉的时候，他是容易觉得自己是"道德"的。而我这种背德感的来源，很可能就是因为逃离了因熟悉产生的安全感。

大概此为自古以来路上行人所共享。

袁艾家

（三）爱情或许是安全感的天敌

前些日子朋友 Z 到深大来找我吃饭，席间 Z 提起她租的公寓旁边发生了一起情杀案，那位遇害的女生被前男友杀害。凶手报警后自杀未遂，被赶到的警察从血泊中救起。

Z说，被害女生和凶手原本是情侣，分手不过数日女生就有新欢。旧爱恼羞成怒，跑到女生的公寓，一番争执，拿出早已准备好的刀，上演了这出悲剧。

那段时间我自己也遭遇了一次爱情的挫折，这个事件一直萦绕在我脑海里，它不断地向我提出一个问题——"为什么人会杀掉自己心爱的人"？

爱情的巅峰体验，是如临深渊的刺激危险。浪漫的爱欲，因其对肉体中蕴含的激情的迷恋，往往背离社会"共性"的道德规范。

爱情从来不是一件安全的事。

爱欲具有扩张性和毁灭性，占有和控制是欲望的忠实爪牙。而一旦失去了占有与控制的对象，爱欲便转化为与之共生灭的仇恨。

《牯岭街少年杀人事件》中，小四最后将匕首捅进小明的肚子，在那一瞬间爱与恨水乳交融。没有什么是永恒的，只有归之于死亡才是永恒的。

理想中的爱情如同双子星的运作，而宇宙与人类蜉蝣一瞬般的生命，形成一种悬殊对比。人能在一辈子中碰到 love of life（一生所爱），从概率上来说，来者不易。

正因这种特性，爱人们才会经常用"遇见你是我这辈子最幸运的事情"来麻木自己，强迫自己去相信此事。不过，也有部分人拥有着变动关系中，罕见的稳定。但似乎人若不死，则永远达不成爱情的坚贞典范。

在人类历史上，爱欲因具有"杀戮性"，一直为传统婚姻所不容或遭到宗教扼杀。在现代，这个"封印"被解除，随之一起释放的，是令人醉生梦死的"爱欲"，以及它的双胞胎兄弟——令人粉身碎骨的"憎恨"。

爱人们永远处在甜蜜的危险中。"杀人"的禁忌，在爱情的规则里并不起作用。因为杀掉自己所爱却又不爱自己的人，在爱情的法则里似乎是合理的。

如果想要安全感与爱情兼得，人们恐怕在恋爱前，应当先审视自己的爱欲。

穆　木

●●●

别说"真心话"，去"大冒险"　●●●

　　某天打扫卫生的时候，从犄角旯旯里翻出一张蒙尘的盗版 DVD——《不能说的秘密》。电影里青涩的周董一路抽丝剥茧，发现了小镁的惊人身世，但在"剧情需要"以外的现实中，女生们的小秘密才不是能够轻易被猜中的。

　　其实秘密隐藏于男女之间，隐藏在人生的每一处。

本篇关键词:

秘　密

（一）交出你的秘密

　　F 小姐在广州，我与她是中学同学，我们一两个月就会小聚一次。认识这么多年，我们习惯聚在一起谈论彼此经历，可一旦话题涉及某个共同朋友，她开场总是那么一句，"我告诉你一个秘密咯"。

　　很坦诚地说，听这些秘密的时候，我会获得一种隐秘的快感。

　　秘密一词，成了在背后道人是非的美化——**直接评判他人是不厚道的，但秘密把这一评判包装成了"信息"，人畜无害。**

　　其实仔细一想，这些秘密对我们的生活基本毫无意义。它不是股票上的小道消息，甚至也不是政局上的风言风语；它不能趋利，亦不能避害，但我们投入的热情往往超出我们"实际的"需求。

后来 F 说了一句,"我们现在的生活跟他们毫无交集,如果不谈秘密,还能有什么话题可谈呢"?

从这个意义上说,秘密成了人际交往上的某种"投名状"。我告诉你一个秘密,然后在这个秘密中,把某人划定为"他者",而"我跟你",是在一个圈子里的。我们在谈论中相视而笑,悲戚与共。

我跟 F 都分析了一类人的心态:一方面很想别人知道自己在保守秘密,另一方面又很想别人猜中自己保守的秘密是什么。

我跟她说,这种人严格意义上不是在保守秘密,他们仿佛求偶一样,用"秘密"释放某种信号——"把我放进圈子,我能告诉你想要知道的",即:"我知,故我在。"

美剧 Gossip Girl(《绯闻女孩》)就讲述了这样一个社会生态:在纽约的名利场里,人人都有秘密,并且这些秘密随时可能被揭穿,由此围绕着秘密而产生"怀疑""解释""争斗"与"谅解",然后又开始下一段秘密的孕育。我甚至觉得,秘密更像是钱锺书先生笔下那块引诱人类无目的前进的骨头。

人类社会需要秘密,这也成为人与人间的一种维系。只有当圈子全无交集,秘密才能成为"故事",自己瓦解。

能逃离秘密的人,要么有更高的心智,自觉有更应关心之事;要么纯粹因为不想背负太多人际关系。

F 最后告诉了我有关前女友的消息,我几乎没有能力谢绝。同时,我们又长吁短叹。我们的生活大概真是失败到看不到什么新的内容,才会沉浸在这种咀嚼秘密的日子里。

袁艾家

（二）别说"真心话"，去"大冒险"

不知道人们从几岁开始，便会开始玩"真心话大冒险"的游戏，它是一个标志，预示着参与游戏的人成了有秘密的人。

大概人在高中的时候，总会开始喜欢上那么一两个人，并当成秘密揣在心里，这也是青少年的优点——"含蓄"。没有含蓄就没有故事，再长大几岁，奔放一点就已经直接"约"了。

青少年需要的不是秘密，而是坦露心迹。

"真心话，大冒险"给了一个台阶，让坦露秘密成为一项"惩罚"，是"迫不得已"。毕竟一杯奶茶喝一个下午，在座的都有机会输。

如果我是青年导师，那我一定会对两千万的少女粉丝说："**不要选择真心话，去大冒险。**"人虽有坦露秘密的欲求，但守住秘密本身才能过一种不动摇、不支离破碎的生活。没有秘密的人生不值得一过。

一切不愿启齿的事总是存在理由，真心话的游戏让人放弃了这个理由，也剥夺了思考这个理由、反省自身的机会。说出来的话便成定局，剩下所做的，只能是不断强化已经言说的秘密，直到"自己都信了"。有多少人能不在思索中纠结和摇摆？**无节制地袒露自己，是虚弱的人急于"成长"。**

岩井俊二《情书》的动人之处，不是单纯叙述"藤井树喜欢藤井树"，而是这种喜欢，在多少年后，以一种意外和抽丝剥茧的方式被发现。日系故事常常被认为渲染得太过头，青少年时期一个承诺、一段暗恋、一场相遇，被放大、渲染为一辈子的执着。

这种节制始终让人为之一颤。

来　福

（三）肮脏的秘密

前段时间有位朋友遇到感情困扰，几乎每天都和我倾诉。

一大段一大段的信息，满屏的纠结和痛苦。他每次都会在文末加上一句："不要和别人说哦"。当然，我会帮他保守秘密的。

一段时间后，我渐渐不再第一时间回复他的信息。开了"消息免打扰"，等晚上回宿舍，才逐条翻阅。甚至有时，实在太累，就不回复了。

有一天夜里，我正准备睡觉。他突然发来一条信息："穆木，你最好了，我思想的毒素、生活的困惑你都接住了，你就像个神父啊！"我躺在床上，半梦半醒之中，看到这句话，泪水竟然哗地流了下来。

我自己也有很多秘密，这些秘密常常无法找朋友亲人诉说，也无法自己消化。我深知秘密的压力，如果这些带有压力的秘密没有及时倾诉出去，那么它们会逐渐与内心同化，被重吸收，化成人格的一部分。

这便让我很想去教堂，去找神父告解。我忏悔，将秘密打包成语言，化作他物，成为异己。这是一次借助他力的自我洗涤。我见过那些一错再错的人，最后成为秘密的奴隶。他们一辈子在为"守护"这个秘密找理由，最后秘密的重担压弯了他们的人格。

可现在，神父不见了，僧侣也无处可寻。原本生活在"净土"的人也都回归到了世俗的世界。没有人再可以代上帝说"主原谅你了"。

于是我想起了电影《她》。网络虚拟的"人"像树洞一样倾听着人的一切，一切罪都被一望无际的信息汪洋吸纳。"上帝"被信息凝结而成的实体所替代。"她"变成了全知全能全善的"神"。"她"也承担起了倾听人类告解，原谅世人罪恶的角色。

我想，未来我们必将匍匐在"她"的脚下。

穆　木

●●●

在你眼里，性感长什么样子 ●●●

有人说"没有态度的，都是小清新"。充斥着"糖水审美"的当下，性感之于我们，又意味着什么？

露得多比较性感吗？别把性感和风骚画等号，神秘和想象才与其密切相关。性感是无法被拒绝的魔法，就像歌里唱的：If I'm a slave, then it's a slave I want to be.（如果我是一个奴隶，那必定是我心所趋。出自歌曲《Kiss of Fire》）

本篇关键词：

性 感

（一）关于性感的一个故事

自小生活在深圳宝安区，十几年前宝安遍地工厂，数百万的外来工在这个城镇，形成鱼龙混杂的环境。

从家到学校一公里左右的路上，有不下五家地下放映室。这些放映室门口贴着手绘的海报，画着夸张的女体像，颜色和构图很炫。电影题目现在回忆起来也很夸张，别问我怎么还记得……

稍微长大了些，家里人不接送了，我多了一些在街上游荡的时间。以前放学路上很多犄角旮旯没有去的，现在都可以兜兜路。

听早熟些的同学说，学校附近有一家"神奇"的发廊。那天我和一个哥们儿，俩人在回家的路上，他提议去看看。于是我们俩找到那家叫"碧波"的发廊。我还记得"碧波"里面亮着暧昧的紫色灯光，一面大大的落地窗，能看到长凳上坐着一排穿白色紧身衣的女人。一个女人看到我们在门口张望，她推了推靠窗的另一个女人，大概是轮到那个女人招揽客人了。

那个女人看到我们两个小男生在外面，有点慵懒地起了身，隔着落地玻璃，对着我们做出了我这一辈子都忘不了的动作。那个动作直接、粗暴，让我措手不及，一股血往上冲，脑袋要炸开来。我哥们儿一拉我胳膊，我们一溜烟地跑了。对于十来岁的男生来说，这种性感有点儿太凶猛。青春期的性感似乎应该更轻盈、更朦胧一些，比如校服衬衫、若隐若现的背心、马尾下的脖颈。

那次视觉的冲击，撞开了一扇大门，我看到了那个更复杂危险的异性世界就在彼端。

穆　木

（二）性感长什么样子

跟我好的朋友都知道我吃东西不喜寡淡，食色相通，我对异性的审美也是如此。譬如网络上经常吹捧某某女生特别"仙气"，但我看她们的照片却特别冷感。就我身边的朋友而言，喜欢仙气这种感觉的，似乎都是幻想气息较重的人，而我不属此类。

我并不否认仙气可以很"美"。但这种美通常都被面目笼统地概括为一种气质，更有甚者，捧出这种气质，本就为消解掉性感那种危险的诱惑。性感总是教你关注局部，譬如脚踝上的文身，或锁骨上的一颗痣，都是某种让人目眩的魔鬼符号（说不出意义，却莫名让人着迷）；而"仙气"，更像是女性的道德先生，一个原意超尘脱俗的词，最终倒成了驱逐性感的平庸者守则。

和仙气同样令我抗拒的，是"小清新"。过去我一直不明白为什么自己潜意识里不喜欢小清新，直到一位师长谈论起他的女神美狄亚。我欣赏她在熊熊复仇热火背后的浓烈生命力，这才明白自己对小清新这种审美的疏远，实为对性情寡淡、思想空洞的厌恶。

性情寡淡者一般拒谈性感，因为寡淡者通常面目模糊；而性感，更多是个性的且饱满的。在我眼里，代表性感的浓烈是生命意志对寡淡无欲者的一种革命。较之奥黛丽·赫本，我更喜欢玛丽莲·梦露。前者固然优雅无伦，但后者媚态中流露的丰腴感，更能体现出一种充沛的生命力。

这种生命力赋予眼睛可见的深邃，流连裙裾能化风情。不具备此生命力，纵有长腿巨胸，也只与人形玩偶无异。在此角度说，小清新也是精神上的人形玩偶，它的尺度，近于虚无。

面对性感不用忌言，反过来，我们应为这种对抗寡淡的生命力正名。

袁艾家

（三）没有神秘感，就没有性感

我的朋友袁艾家对性情寡淡难以忍受，认为丰腴与浓烈的生命才配得上性感。这让我想起基于性感的一些"公式化"的想象。

这种想象的基本原则，大体离不开衣着：比基尼、热裤、细肩带上衣，诸如此类。日本摄影师荒木经惟拍摄私人写真，女性一丝不挂出镜，在镜头下非常诱人。现在国内也盛行拍私房照，尺度比起荒木经惟有过之无不及，加上小清新特有的"白内障"滤镜，一组照片看下来，情色有余，性感不足。

很大程度上，直男对"性感"的全部想象就到此为止了：少穿，或者不穿。日本御宅族发明了一个词叫"绝对领域"，指少女穿迷你裙和过膝上袜时，大腿露出部分。这样的穿着很撩人，但其实只有大腿一小部分是露出的。

"绝对领域"把视觉焦点聚集在迷你裙以下、过膝袜以上，通过观者的想象完成了一次"性感体验"。

斯嘉丽在电影《她》里以声音出演，男主角跟她扮演的操作系统相恋。尽管"性"关乎身体，但溯源穷流，感知快乐却是大脑的工作。正应了那句老话：一切都与性有关，除了性本身。

回到"性感"的话题，穿多穿少并不是重点，关键在于视觉冲击能否引起大脑的共鸣。情欲对人产生的影响大体相近又转瞬即逝。而性感源于神秘，在不同的文化里，对于性感的视觉呈现总是不同的，但相同的一点是，性感创造了一个复杂、神秘又迷离的世界，它激发了观者无限的想象。

来 福

当你谈起素颜，你在念想些什么 ●●●

　　以卸妆为主题的综艺节目和话题总能勾起大家的注意。看到明星们妆前妆后的对比，好像是大家永恒的兴趣所在。媒体喜欢盘点那些全素颜亦很美的女星，也喜欢盘点那些对比度极大的明星，撩拨众人欣羡或惊叹的情绪。

　　素颜即是正义吗？化妆该被看成是造假和伪装吗？

本篇关键词：

素 颜

（一）对大部分人还谈不上要卸下这层距离感

　　每当我向一位朋友分享一些好看女生的照片，他总会带着审美上的本能给我一个回应：

　　"这妆化得也太浓了，有没有素颜的？"

　　女性朋友对此也并没有好太多。同样的照片放到她们面前，通常我会被语重心长地开示："这眼线……这粉底……这唇彩……"语气间仿佛有一种哀我不争的感觉，似乎在说"让我好好告诉你这个世界的真相吧"。

　　仔细分析这些反应的心理颇有意思，这类事关"洁癖"的审美有如宣告一条人所共知的律令：

　　"化妆即是造假，素颜才是正义。"

　　直男对化妆存在成见，大概本质在于希望异性能"坦诚相对"。女性之间对化妆的"不宽容"，更像是一种竞争状态下的警惕，假设求偶是个自由竞争市场，似乎她们希望用素颜来建造某种"反倾销"同盟。

　　素颜也许确实代表真诚。但我觉得，这种真诚的可爱只会发生在每天起床时看到枕边伴侣的睡眼惺忪状。我理解的素颜，是两个人之间的特殊关系。而大部分人的真实关系，还谈不上要卸下这层距离感。

　　某次与前女友去看电影，她打了一层闪闪的唇彩。憋了很久的我摸着脑袋蹦出一句话：

　　"你今天的唇好闪。"

　　然后她嫣然一笑——这一刻我的脑海里只有两个字：吻她。

　　大概这种微妙的信号过于勾引，关于素颜的正义字典里不容记载。

袁艾家

（二）素颜是一个美丽而羞涩的梦，我们都不愿意醒来

　　高中时别的班有个美少女，到今天我还能想起她的脸色，就像是刚出冰箱的草莓馅大福，外面一层粉粉的白，里面透着不安分的红。还有那双眼睛啊，那双眼睛能让人明白什么是"巧笑倩兮，美目盼兮"。

　　我和同学们骑单车回家，远远望见她在路上走，我们会经过她身旁回头看，再折回来迎面看一次，一次又一次。

　　过了十年后，我在一个只有男生朋友的微信群里看到有人分享她的照片。毕竟是同一个学校，这样的美少女大家大概都会记得。

看到她的近照，众皆哗然。昔日美少女，化了个大浓妆，韩式一字眉，欧美大唇彩，厚厚的粉底。深深的美瞳和厚厚的假睫毛，遮住那双眼睛往日那种灵气。丝袜、超短裙，胸口略低，浅浅露出了我们高中时都梦寐以求以及"能得以一见死而无憾"的沟。

相片看起来是在公司年会上拍的，那种美少女的气质没有了，迎面而来的是一种俗不可耐。群里都在感叹说这位美少女"泯然众人矣"。

可问题是，这群男生平常都是嫩模控，对这种妆容本来应该见怪不怪的。平日里看到P成蛇精的女生都觉得漂亮的直男，也都接受不了她变成这样。

为什么呢？

我想他们不是不喜欢大浓妆，而是不习惯那个往日青春期记忆里素颜的纯天然美少女，变成他们现在猥琐欲望的对象的同类。这是男生欲望的成长过程，从天然美少女到性感热烈的大浓妆。但如果这个转变的对象，是之前少年时美丽而羞涩的梦，这个对象就会变成一面镜子，仿佛在说：

"你看，你们的欲望已经变成这个样子了，你们的青春已经逝去了。"

穆　木

（三）旁人在意的不是素颜，而是对错

读小学的时候班上有个女同学，就叫她 W 吧，比其他人都要早熟一些。在我的衣服都还是妈妈去童装店购买的时候，她就已经学会

了化妆。当时的我，其实是分辨不出她有没有化妆的。之所以知道W化妆，是因为每次她从我身边走过，风中都带着一股清新的香水味，另一个是因为传言。

传言的内容，无非是"W化妆了你知道吗"。简单的事实陈述，引发了许多惊诧和兴奋。惊诧在于"她怎么能这样"；而兴奋在于，借由化妆，W突破了教室的禁忌，触摸到了成人世界的边缘。

这一点是老师无法接受的，所以后来她被约谈了。

对于W来说，化妆或者素颜，关系到的是"美不美"的问题。而对于惊诧的同学和恼怒的老师来说，想到的都是"对不对"的问题。

对于中小学生来说，唯有素颜才是"对"的，对错之分影响了审美，所谓"自然才是美"，其实是一种严厉的审判：任何对容颜的修饰，都是"错误"的。而当W和我们长大成人后，不必再遵循那种禁欲式的审美法则了。没有人会再因W化妆而惊诧，但也并不轻易认可视觉上的美。

"好看吗?""妆化太浓了吧?""美图了吧?"这样的话很常见，一个关于美丑的问题，得到了关于真假的答案。

很少有女生会不加修饰就出门或者发自拍，如果不熟，可能一辈子都见不到她们素颜的样子，即便如此，素颜状态还是被当作评价美丑的前提。

大概美不美并不重要，对错才重要。

来 福

●●●

男女之间，是否存在既亲密又纯洁的友谊 ●●●

如何看待自己的男朋友和闺蜜走得近？怎么看待所谓的红颜、蓝颜知己？那些描述就算睡在一张床上都可以的朋友关系是怎么回事？围绕男女关系，可以延伸出无数讨论的话题。

那么是否存在这种亲密又纯洁的男女友谊呢。

本篇关键词：

男	女

（一）没性趣的才是异性朋友

我有一个很好很好的异性朋友。

我们可以一起去香港看演唱会，看完之后，她到我家去睡觉，整晚什么也不会发生；我们可以一起在马路边等一辆不知道会不会来的公交车；我们也可以大段大段地浪费对方的时间，一起散步，谈天说地。

我们彼此分担生活中的阴暗面和挫折处，包括各自那些求而不得的爱情经历。我们经常互相奚落，但也比情侣更能容忍对方的无聊和古怪。

我很"纯洁"地认为，我们之间并没有一条需要顾虑能否逾越的线。而这种纯洁，源于我对她并没有任何"幻想"。

有人说男女之间的交往本质源于性吸引力。而这种交往最后能否落在一个叫"朋友"的安全区域，在于两个人之间是否觉得有比"性"更值得投入心力的东西。一个能把所有异性发展成女友的男人，也许具有天生无穷的性吸引力，也有可能只是因为，异性在他身上找不到比性更多的东西。

我并非贬低"异性朋友"。没性趣可能是第一眼就定下的结论，也有可能是两个人格成熟的成年人在理性博弈后，决出的一个相处平衡点。少了太谨慎，多了会变味，刚刚好的感觉，一时难以言传，估计也只凭缘分。而那些"我只把你当朋友"的好人卡，往往就表露出男女关系中那种并不对等的想象。有人追逐，就有人防守；有人隐忍，也就有人乐得不揭破。性趣并非消失了，只是不得不被隐藏。那么，最终会变成怎样？

答：各有各的不同。

我认为这个世界有纯洁的男女关系，这与异性之间那种或隐或现的性吸引力并不冲突。有些异性会让你血液沸腾地想在漫天雪地里拥吻，也总有一些异性，只会让你心神平静地相互拍肩膀。

袁艾家

（二）朋友与情人的区别在于运气

《黄金时代》里有一段，王二对陈清扬说："只要你是我的朋友，哪怕你十恶不赦，为天地所不容，我也要站到你身边。"陈清扬大为感动，王二便提出要和她XX。17岁时，我初读这段，觉得"伟大友谊"只是王二引诱陈清扬的话术，后来我又把两人的关系理解为"爱情"。今年我23岁，对人与人之间的关系分类充满怀疑——"友情"和"爱情"，实在难以从本质上进行区分。

很久之前，前任问过我好几次"为什么喜欢我"，这个问题把我困住很久。如果答案是对方身上优秀的品质，则无法回避一种质问："这样的品质很多人都有，为什么偏偏是我？"

于是我只能告诉她：世上有千千万万人，但只有你和我共同经历了这些事情——我们之间的共同经历和记忆是你对我的独特性所在。

今天回想，这样的回答无异于在说，你我都没有那么独特，我们之所以相爱在一起，凭借的完全是世事的无常和宇宙的变幻莫测。两个人成为情人，仅仅是运气使然。

这种运气可能发生在你和他（她）身上，也完全可能发生在你和另外的人身上。除去这种运气，你与一切异性好友的友谊，与你对情人的友谊，都是相似的。如果说纯粹友情与纯粹爱情有什么明确的界限，则无法解释一个人为什么会爱上他（她）的好朋友。

我们当然可以从性趣上来辨别一段男女关系是否"纯洁"，但阻止性趣发生的，更多是个人审美标准和心理禁忌，而非什么感情的纯粹性。当你在一段朋友关系中感到愉悦——你们和爱情，其实就只隔着一扇大门。

来　福

（三）友达以上，恋人未满

不久前和一个女性朋友聊起来，才互相坦白之前我和她都对对方颇有好感。之前一直没有开口，以朋友相待，可是内心一直不安分。

现在我们各自有了伴侣，那层关系就可以摊开来讲了。我们进入了一个安全领域，不去违逆心理禁忌，可以安心做"普通朋友"。

回想起来那是一段十分暧昧的关系：我会给她送生日礼物，会为了她推掉所有其他朋友的约会，在生日那天和她去散步。她也会送一些情人之间会送的东西，比如鲜花和精致的生日蛋糕。我那时一直在纠结要不要和她表白，思前顾后，又沉溺在这种暧昧不清的关系中。

她身上有让人放松的气质，可是我又知道如果进一步做男女朋友，这种气质就会变成一种折磨人的烦恼。后来我到外地旅游，一个月后，她告诉我她有男朋友了。我当时很沮丧，本来已经写好的明信片也没寄了，微信上酸酸地说了一些祝福的话。

可是直到现在我们还是很好的朋友，掏心窝好的那种。我真真切切感觉这是一个很好的人，一个志趣和性格都相投的人，其次，才是她是一个很有魅力的女性。她让我体验了什么是"恋人之下，朋友之上"，也让我体会到男女之间那种微妙的友谊。

在我看来，男女之间好朋友的关系，是一种模糊的、欲言又止的阶段。在捅破那层纸之前，大家都羞于承认互相有好感。但是这样的关系也可以理解为普通朋友。男女之间变成朋友，多多少少互有好感，起码觉得和他(她)待在一起，是一件比跟其他人在一起更愉悦的事儿。

而我从来就觉得这样的关系很纯洁。

穆　木

●●●

男生们是如何看待互撕现象的 ●●●

前一段时间，"撕 X"因宫斗剧而一阵火爆。这让撕 X 定义为了女生们的专有战场。同时，它也成了姑娘们手到擒来的天赋技能。小团体和小团体之间撕，普通人也可以上演一出又一出的宫廷戏。

站在一旁的直男们在想些什么？他们又是怎样看待撕 X 这种现象的呢？

本篇关键词：

互 撕

（一）" 总有贱婢想要害朕 "

几天前老师嘱咐我去见一个人，给她提供一些帮助。见面不过十分钟，对方即向我吐槽学院的老师和学生之"坑"，表示她在这种钩心斗角的环境之中如何不适。

我从这个学院毕业，自然知道这里不简单，但也远没到人心险恶的地步，更谈不上有人会为此饱受折磨。

豆瓣有很多八卦小组，每天都有人在吐槽极品舍友、奇葩同事、Low X 亲戚……并绘声地讲述自己如何勇斗恶人、与其撕 X，惹来一片喝彩。

世上当然有很多讨厌的人，但除了你的父母和伴侣，你对这个世界没有你想象的那么重要。所以，如果你总觉得有人时刻想着对你使坏、占你便宜，请相信，一定是你太自恋了。菜头用一句话总结这种迫害妄想症：总有贱婢想要害朕。

这位向我吐槽的朋友，几句话聊下来，我发现她的业务水平相当糟糕。事实上，我也从未见过优秀的人会持一种防范、抵御的心态生活，他们要么忙着探索知识的真理，要么一心闯出一番事业。他们没空"致贱人"或者"致 Low X"，花时间撕 X。

每个卷入一场撕 X 的人，都会觉得是对方太奇葩，自己是被逼无奈。然而面对你喜欢的情人、亲切的父母，你也曾黑过脸、发过怒。在任何人际关系里，你都能发现对方难以忍受的一面，同时也就暴露出自己人性的弱点。**其实，你并不真的那么无辜，对方也并不真的那么可恶。**

耶稣对众人说，你们中间谁是没有罪的，谁就可以先拿石头打她（行淫的妇人），众人于是退散。

来　福

（二）互撕是一场角色扮演

作为一名经常置身事外的直男，在我的中学回忆里，有一类女生极易冒犯女性圈子的禁忌——跟男生走得太近。而如果这个女生还长得不错，那么她被某个圈子孤立，往往在所难免。

那时候并没有"绿茶婊"和"撕 X"这类标签式的说法，但这并不妨碍同学们凭着天生的敏感来划分敌我。在那个交际方式简单粗糙的年代里，我所见到的撕 X 方式大概有如下一种程序化套路：

1. 某位女神成为男生眼里的焦点；

2. 女神面临立场问题，如果她选择融入女生圈子将得到女生们的"保护"，如果她选择留在男生圈子将得到男生们的围绕；

3. 而这个时候会出现一个情节：围绕女神的男生里刚好有一个是女生圈子中某个成员的暗恋对象；

4. 然后，故事主线获得一个戏剧性的冲突点，就像按下什么指令，该圈子对女神发起总攻。

在这样一套程序里，负责暗恋的女生必然是被体谅的弱者，每个人都有义务为她奉出正义感。然后小团体里总会有两三名担当"舆论造势"的附和角色，一来在班里站哨吹风，二来为组织甄别站队情况。

这个时候，战斗态势通常取决于女生圈子里那位若有若无的"领袖"。如果女神服软，自此与男生划清界限，重新回到团体的怀抱，那就表示"四海之内皆闺蜜"，可以鸣金收兵了。

这样的故事曾在我眼前反反复复上演，"不一样的女神，永远相似的圈子"。直到大学，班集体的人际关系开始松散，像是沉闷的土壤突然松动，涌进了流动的空气——这才发觉那些睚眦必报的流言蜚语，似乎仅仅是朝夕相对出来的无聊发泄。

每一套撕 X 的剧情都有各取所需的强弱对比，也有理所当然的正义结局。有时候我会觉得，这更像是一种进化版的"过家家"游戏，相爱相杀，乐在其中。

袁艾家

（三）撕撕更开心

最近有位很要好的女性朋友 K 新入了职，她的同事百分之九十是女性。我问她新工作怎么样，她稍稍提了一下工作内容后，就把整个办公室的女生都描述了个遍：有"闺蜜""姐妹""娘娘"，这些是对她好的，中午会一起吃饭，周末还可能一起出去逛街。而"贱人""贱婢""小婊砸"，还有"嬷嬷"，是"敌对势力"。

K 半开玩笑说，"敌对势力"都嫉妒她们的年轻容貌，两边都互相给脸色看。总而言之，"撕 X"无处不在。

我想起从小到大，女生之间有很多秘密战场，是男生理解不了、更进入不了的领域。对于女生来说，那些错综复杂的关系大概是一目了然的。但是对我来说，那些关系却是一团雾水，完全搞不清女生和女生之间的雷区在哪里。

男生之间的战争相比起来就干脆很多，也明朗许多。男生之间的关系爆炸往往就是一场骂战、打一场架，大不了老死不相往来。男生之间可没有什么耐性打持久战，速战速决才是解决问题的办法。而且，男生有时会因为吵架、打架反而成为很好的朋友。高中时，在足球场踢球，我和其他班的同学争场地，吵得很凶，差点打群架。第二天做课间操时，那几个哥们儿跑来和我道歉。后来足球场上就再无争端。

可是从男生的角度来看女生撕 X，似乎冲突性很隐蔽，表面上可能只是拌拌嘴，互相传对方的八卦。但慢慢的我了解到，原来看似平静的水面下面，是暗礁密布的人情世界。这里存在着抱团、杯葛、孤立、暗箭伤人……卷入其中，把人耗得筋疲力尽。这是一个不见硝烟的战场。

对于我，遇到互撕，"简单地打一架"还是要痛快得多。

穆　木

● ● ●

啊，一不小心又冷场了 ●●●

试想在一个简单的聚会上，谈兴最高的 A 君到吧台去陪姑娘了，滔滔不绝的 B 君也消停下来，剩下的大家开始面面相觑……不妙，尴尬的气氛正在蔓延。

谁都好，快出来说点什么拯救气氛啊。

天啊，真的最怕冷场了。

本篇关键词：

冷 场

（一）比冷场更可怕的是那种刻意打破冷场的"吃力感"

我有一个朋友，表达欲严重过剩，具体说来他的症状就是，无论在什么样的场合都合不上他的话匣子。

大部分时候他都是我们社交圈的核心，也是永恒的气氛发动机。旁人只要进入他的音量覆盖范围，就都可以放心把话题进度条交给他来操作。哪怕他真的说到无话可说，下一秒钟，他就能吞掉自己的尴尬，转个弯继续生龙活虎地话痨。

我认为这也算是他带给我们的一种"安全感"，在这个计拙辞穷关系淡的时代，并没有什么人愿意触碰到"冷场"的尴尬线。也正是因为大家的懒惰，才衬托出他和冷场"堂吉诃德式"的战斗的可贵。

冷场像是社交圈里一场击鼓传花的疫症，没有人想拿到手上时显出自己不够 Charming（健谈），或者情商不高，尤其是冷场似乎在暗示你不被需要。所以才有陈奕迅在歌里唱的："我在场有闷场的话，表演你看吗？"

但对比起冷场，我更害怕那种刻意打破冷场的"吃力感"。不熟的人之间发生冷场，也许纯粹就是话不投机的识趣和体面。而且我认为这世界还有一种"亲密的冷场"，话不多说，却分外舒适。太吃力了，更容易让人手足无措。

话说回来有一次，这位朋友满怀忧虑地跟我说："其实像你这样，不用取悦别人的说话也挺好。"

我回他，"也许因为我可以接受自己是'话题终结者'"。

袁艾家

（二）那个有生以来见过最冷场的人，治好了我多年的尴尬症

有人这么形容过"冷场"——一群人在聊天时，突然都不说话了，那是因为有天使经过。这样看起来，冷场好像很浪漫。可是对我来说，冷场是世界上最尴尬、最难以忍受的情境。当一群人坐在一起没话说超过十秒钟，我就会如坐针毡，拼命找话题、逗乐子，其实是为了解决自己的尴尬症。

最终导致我和朋友们聚会时，只要冷场了，总会有几个熟悉我的人盯着我，好像我是微波炉，盯一下就会热。

后来我遇上了我的导师，一个我有生以来见过最冷场的人。和导师聊天时，他只专心泡茶，慢条斯理、全神贯注。只要聊天的话题他不感兴趣，可以半小时不说一句话。

于是在头一年找导师的时候，我都快疯了，既担心说出太蠢的话被他骂，也不能说太轻浮的话。常常就是他在泡茶，我就坐在他对面这么看着，看着他撬茶饼、投茶。然后，导师会轻描淡写地说这是什么茶，什么山头，藏了几年。

煮水、水开注水、洗茶、出水点茶、端碗品茶。这一系列动作中，可以一句话都没有。后来我就习惯了，他冲茶时，我就不说话，好像这种沉默才是应该的。这是我在导师身上学到的最强能力。

慢慢地，我的尴尬症就被导师治愈了。有话说，我就说，没话说，我也不硬挤，在人群中总要自在一些。

有时甚至会在漫长无聊的聚会中，学会了享受那几刻突如其来的宁静。

穆　木

（三）你倾诉的欲望有多强烈，冷场时就会有多尴尬

还在前厂搬砖的时候，一次老板在群里问我事情，我回了几句说明，看见老板回复"知道了"，就把聊天窗口关了。

十分钟后，同事私聊提醒我："在群里回句话，不要让老板冷场。"

我恍然大悟，在群里敲了一句"好的"发过去。

不要让老板冷场，是微信工作群的职场生存法则。在线下开会，则很少会考虑到不要让老板冷场的状况，"不要说话"才是会议室生存法则。有很多人都跟我一样讨厌微信群，因为每天打开微信，都会有几百上千条未读的群聊消息。

随便翻了一下，发现这几千条消息，无非是高中群里两个人在互刷表情，小学群里三个人在晒宝宝和聊婚姻。余下的百来个人，都跟我一样，是在场而沉默的。

对我来说，在人多的群里说话，是一种煎熬。有时在群聊中看见消息，顺手想回一句，打好一段话，犹豫一下，还是删除了。

在众目睽睽之下，总会觉得无论说什么，都带有巨大的尴尬。就像上公选课迟到，教室后门紧锁，只能当着几百人的面推开前门进去，想到将会被众多目光注视，索性把课翘了。

微信的机制是鼓励说话的，任意建群、朋友圈点赞，无不刺激着我们发言的欲望。这种欲望的背面，是一种恐惧：害怕冷场，害怕没有回应，讨厌被注视。现在聊天是如此的方便，但激起的沉默，也是如此的多。

来　福

●●●

那些你要的自由，以及代价 ●●●

你也许幻想过，凌晨回家、随时远行，整个青春期与常人所拥有的生活姿态都对立起来，能决定自己所有的事。可你要知道，直到某一天，你会突然发现人生航向从头到脚都不是完全属于自己的。即便软弱也要了解，你不可能真正朝谁求助，自由的代价也就随之而来。

自由就像是躺在海边，深刻感觉自己是被抛到这个世界上来的，吞一口水，有点孤独，再吞一口，有些怅然。

本篇关键词：

自	由

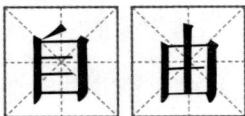

（一）最后我们都被记过了

我的高中是一所自诩为"高考加工厂"的学校。在学校里，一切有趣、好玩的，都被视为"不正经"，要严加防范。

年级级长是一位夫妻生活不和谐的中年妇女，她干练、凶煞，憎恨任何和考试无关的事物。晚修时，级长会游走在教学楼的各层来监督学生，她像夜叉、像幽灵、又像摄魂怪。

我选的主攻科目是物理，因为对物理十分感兴趣。进了物理班后才发现，这个学科简直成了一个伪装成"科学"的 IQ 题库。

那可是十六七岁啊，正值发"骚"的年纪。我在数理化的演算草稿缝隙里写下一行行的诗，幼稚但是好玩儿。以至于高考后，课本都被我扔了，草稿本却保留着。因为在里面硬邦邦的演算间隔里，藏着我年少时绵软的情愫。

在一次月考后，我和一样"不务正业"的同学 W 坐在教学楼走廊的板凳上。我和 W 经常这么坐着聊天，什么都吹，音乐、文学、政治。那晚晚自修的上课铃响了，我们手中的可乐还没喝完，耳机里的 Nirvana（涅槃乐队，美国的一支摇滚乐队）还没听完。W 和我相视一笑，继续跷着二郎腿，吹风放空。

不知不觉，大半节晚自习就过去了。忽然，一阵阴冷的寒气从黑黢黢的走廊尽头渗来。巨大的吼声穿透我们的耳机："你们是哪个班的！"

我和 W 撒腿就跑，我们没有跑向教室，而是跑向操场，跑得不知疲惫，跑得脚上的回力胶鞋"唧唧复唧唧"地作响。耳朵里刚好传来 Nirvana 的《Smells Like Teen Spirit》（中文名：《少年心气》），还有级长的吼叫。

差不多十年过去了，那一顿自带 BGM 的疯跑，至今历历在目，它早已成为我高中少有的美好记忆之一。

穆　木

（二）无家可归之人

前几天跟一位师长吃饭，师长聊起了自己的坎坷经历。十五六岁时父亲去世，他说没有太大感觉；十八岁母亲病逝，他才醒悟，从此天地之间，再也没有他的家，他成为无根之人了。

有一段时间，一种无家可归之感也缠绕着我，那时我还没毕业，但与父亲几近决裂。临近假期，借着做毕业设计的名目，告诉家里不回去过年了。过年夜，我跟另一个同学在科技园吃着麦当劳，这个同学家里逢年就吵，于是他也索性逃了出来。

当晚走在无人的科技园路上，听到远处的烟花爆竹，只觉得自由自在。那时只想脱离"家庭"的束缚，成为一个自由人。进入社会以后，我跟父亲的关系也突然之间缓和了。有时能回家里看看，虽然熟悉，却也更觉那已经不是自己能长居的"家"了。

师长无根漂泊十几年后，安身立命，结婚生子。如今他一心念想的是，如何把女儿送出国读书。从父母亲的"原生家庭"，到与另一半共筑的"新生家庭"，一个人的一生，好像都该如此，有所归依。

如今我二十来岁，独立于父母，也未进入婚姻生活，是最自由的时候，也是最无依无靠的时候。

宇宙无垠，人类置身其中，犹如沧海一粟，何其渺小。

这是人生最自由的时候，也是人生最困难的时候，我就这样飘着，不知道往哪里去。

来　福

（三）无人幸免

自从我的伯母成了两个小朋友的外婆之后，她就成了家里长辈人人艳羡的"榜样"——榜样的意思是指她在退休之后没有了生活后顾之忧，还在这个年纪享受起天伦之乐，大有中年妇女人生圆满，夫复何求的感觉。

她前不久来深圳找旧同学聚会，如果时光倒流四十年，大概她们的感情与"闺蜜"无异。如今几位头发半白的"外婆"在车里欢声笑语，忆昔抚今。末了伯母主动提出要去唱K，其他几位阿姨却反应平淡，不了了之。大概她们觉得到了一定年纪，便再消耗不起这种热情。

伯母后来在车里提起我的堂姐，她的女儿。对我堂姐刚刚成为新晋妈妈是如何辛苦的这件事，身为"过来人"的她，语气中充满理解和同情。她自言自语地说，"现在辛苦是肯定的了，等孩子长大，就一切都好了。"而这里的"长大"，是指有朝一日我的小外甥们也都各自成人，念了大学，甚至成家立室。

那一瞬间，我突然看到了伯母为未满三十的堂姐之后二十年的人生画上了一条道路。而这条道路，几乎是同样作为母亲的她的翻版。

于是同样的一瞬间，我的脑海里出现了电影《时时刻刻》中的那一幕景象：对生活感到百无聊赖的家庭妇女，躺在旅馆床上，等着被潮水吞没。

这种联想让我很是不安。正如对自己的人生提醒"自由"是很危险的，大多数人更愿意掐灭这种念头，逃避因为自由的联想给自己生活造成的额外"困扰"。而不额外的生活，就是成为妻子，成为母亲。

和我从小玩到大的那些玩伴，彼此有个不成文的约定，就是每年都去一个地方旅游。而面对相继步入婚恋期的现状，大家总免不了长吁短叹：我们这种"无限期"的旅游，是否会因为各自步入家庭以后人数越来越"凋零"。因为更多的人要用时间去兑换体面和安适的生活，相较于"自由"，"稳定"才是被纳入社会认可的体制"通货"。

我的父母从来没有刻意培养过我任何"自由"的意识。我只是记得打小起，母亲就特别鼓励我外出，而同样是十七八岁就离乡别井的父亲更是跟我说过，年轻人，要走远一点多看看世界。被他们认可的通货，使我有能力做出自己的选择。

可是他们终究也是老了，最近两年老是唠叨着，我到底什么时候带女朋友回家给他们看看。

袁艾家

●●●

怪你过分美丽，怪我过分着迷 ●●●

　　明知道两个人之间不可能，但仍有人深深沦陷其中。像王菲唱的那样："就算是深陷，我不顾一切。就算是执迷，我也执迷不悔。"这个世界上，再理性的人也有执拗的一面。总有情非得已；总有过分着迷；总有只差一步就成功，离开却自愿投诚的情节。

　　迷恋，解释为过分喜爱，难以舍弃。包含着痴迷、冲动、成瘾、持续不断。有人迷恋一段没有结果的情；有人迷恋成长的记忆对抗世事多变的物证；又有人迷恋一个终不为外人道也，半生悲喜尽系于此的"乐趣"。

本篇关键词:

（一）迷恋期

　　我十六岁时喜欢上一个女生。

　　毫无疑问，她属于人见人爱的类型，但我有办法使自己在众男生中和她建立起某种（也许是自认为的）特别的关系。很快我们成了朋友，有了聊天的话题，而且话题不仅关于学习。对于高中生而言，聊天的话题内容，最能确认两个人的关系深浅。

　　我知道她也知道我喜欢她，但不知道为什么，我没有揭开这层纸，于是一种比暗恋稍多的感情在我内心滋长。

我会有意无意地为她做一些事情，包括为她学做蛋糕，在她生日前一天自己一个人翘课，乘车去几十公里外的县城给她准备第二天的"惊喜"——第二天我们会一起去那个地方。我还记得那天身上的钱仅仅够我坐车回到市区，回到学校时班里四下无人，我的心跳却像犯了事般急促。

为了一个人专门安排一出剧情，等待她成为你付出一切心血的观众。假设她能穿过所有目光对你予以回应——这种内心独自翻腾滚动的自导戏份，曾几何时是一种酣畅淋漓的生命体验。

在一个不能得知结果的过程中，这种拼了命冲开障碍，一步一步靠近"她"的感觉，会让我觉得自己不枉年少心事一场。

有人说喜欢一样东西超过十年可以谓之"迷恋"。我和她相识超过十年，十年间的关系时近时远，我们却从来没有，哪怕一刻真正在一起过。偶尔，彼此本分的关心让我觉得毕竟各自殊途，但稍有暧昧的触碰，又让我不时提醒自己心里沉睡的不甘。

我几乎分不清楚，我是真的有那么喜欢这位梦中的镜像，还是跳不出一个未曾得到过的心结。迷恋更像是一条单向度的街，得到之后应该怎样？好像没有经验能透支更多的想象。

所以，"停在今天这一处，也不错"。

有那么多的人愿意用迷恋代替真实的恋爱，大概因为这种虚无缥缈的荷尔蒙是永固内心想象的福尔马林药水。

对支撑过自己迷恋期的对象，但愿最终都有个偏执的下场，仅留一种基于真实认识的欣赏，那便是最好。

"我愿鸣谢你，而不想说后悔。"

袁艾家

（二）迷失任天堂

最近和女朋友一同迷上了 Pokémon Shuffle（口袋妖怪），一款任天堂出品的手机游戏。

1996 年任天堂发售《口袋妖怪红·蓝》，那时我三岁，自然对这件事情毫无感知。1999 年《口袋妖怪金·银》发售，那时我六岁。又过了两年，我一面是二年级的小学生，刚学会乘法口诀，一面是神奇宝贝训练师。手中拿着 Game Boy 游戏机在口袋妖怪的世界里旅行，到处挑战道馆，收集不同的神奇宝贝，见识不同的风景，打败邪恶的火箭队，最终成为神奇宝贝大师。

口袋妖怪每过几年就会推出新的资料卡带，而我也会开始新的冒险历程。它更新了几次后，我的学生时代也差不多结束了。像《魔兽世界》与《哈利·波特》一样，在口袋妖怪这个自成一体的世界里，有着无穷无尽的细节可以一探究竟。毫不夸张地说，你可以带着自己完整的人格进入这个世界，就像《爱丽丝漫游奇境记》中所表现的那般真实。

"看，玛利奥为情人，蜘蛛都去挡，为着摘星，火山一个闯，看，我两臂这样忙，打得天也光。"（出自歌曲《任天堂流泪》）这种灵魂附体的感受，已经离我远去很久了。在过去，口袋妖怪更新，我都会找来卡带，没日没夜玩到通关，收集各种传说中的神奇宝贝。但最近几年，新的卡带常常是已经发售了一年，我才留意到这个消息。然后我找来它们，有一搭没一搭地玩下去。

现在的我，稍不留神，就会有其他事情把生活填满：恋爱、分手、聚会、考试、社团、毕业、求职、辞职……这个列表可以一直往下填。**生活被填充得很满，每一件事都宣布自己很重要。**

全神贯注地迷失在任天堂的世界里是奢侈的。同样的，不间断看一部两个半小时的电影，用一个下午读完一本小说，花两天时间细致地写一篇文章，这样的事情都是奢侈的。

任天堂的游戏教会我打发时间，人间的游戏教我利用时间。我不知道"打发"与"利用"何者更贴切"珍惜时间"，只知道漫游奇境再无可能。

来　福

（三）棋痴

我父亲的朋友，我叫他李叔叔。他是一个棋痴，人已半百，平生除了下棋什么都不感兴趣，也什么都不会。而故事要从李叔还是小李的时候开始说起。

父亲说他们小时候在乡下，百无聊赖的小伙伴都以下棋为乐，但从来没有一个人会沉迷钻研此道。因此大家的水平都差不多，下棋仅仅当是乡间生活里可有可无的调剂。

突然有一段时间，小李的水平突飞猛进，所有的小朋友都不是他的对手。大家觉得小李一定受到高人指点。于是把他手脚都架起来，徐徐褪了裤子，对他做出"惨无人道"的逼供。

小李顶不住折磨，终于招出一段奇遇：一位下乡的知青看出小李爱下棋而且有些天赋，就给了他一本棋谱，还教他怎么破残局。

事起这本棋谱，小李开始痴迷象棋，没日没夜废寝忘食地下。直到高中时，他可以同时和三个人下盲棋，镇上无人能敌。高中毕业，他过五关斩六将，从市赛一直杀到省赛的季军。广东省队向他伸出橄榄枝，自此他成了专业棋手。年轻气盛的他，仿佛因为痴迷得到了半个人生善果。

世事却并没有那么顺遂。因为一次外出比赛不懂人情世故，得罪领队的李叔被开除出队。李叔似乎一夜之间变成"老李"，成于痴迷，却也败于痴迷的他，有如在象棋上耗尽半生乐趣与心思，纯粹得忘了怎么和人打交道。

回到乡下的老李，开了一个杂货铺，隐于市井，自得其乐。每年我们回老家，都要到李叔的店里去找他下棋。下盲棋的李叔依然有些痴气，一边喝着茶，一边背对着我们喊："炮二平五！"我和弟弟小时不懂事，眼看自己快输了，会偷偷挪棋子，要么拿掉他的车。没几步就被他发现了，李叔叔哈哈哈大笑，转过身来骂我们不老实。

不懂人情世故的他，在象棋面前却像个看尽人情世味的"情种"。

　　李叔半世痴迷都在棋盘之上。周遭众人笑他落魄，除了痴迷一无所有。但我总隐隐觉得，一个心有所执的迷恋者达到的天地，终非平庸目光可以企及。

穆　木

● ● ●

愿你与那个失败过的自己和解 ●●●

　　成王败寇的"定律"，让这个世界常充斥着成功者的声音。与此同时，这个社会也隐含着一种标准式的成功。那种成功人士会让自己的日程满满，终日沉浸在 MBA、金融考试、打私募比赛、做研究等充实的生活里。

　　而失败者隐藏在各个角落。每个人都在内心至少承认过自己两次失败，也能感知到他人的失败。失败者常常伴随着一声声叹息。

　　于是，"成功"这个词，成为我们更愿意讨论的那个。

本篇关键词：

（一）修罗场

　　前些天和袁艾家去吃饭，滴滴打车碰上一个司机，碰巧是我汕头澄海的老乡，于是我们撇下来自湛江的袁艾家，用潮汕话聊起家常来。

　　司机先是跟我抱怨，那天刚好是滴滴拼车大优惠，如果有人拼车，司机每单也能得到奖励的十几块。而那天他一单拼车都没接到。说着说着，他有点不好意思了："深圳不好待啊，你看我失落到要来开滴滴赚点零花钱，十几块十几块地跟人计较。"

这时司机的父亲从汕头打电话过来了，他在开车，所以开了免提。电话那头的老人用潮汕话问儿子冬至要不要回家。儿子含含糊糊说了几句，大概是说工作忙要看情况。末了，老人说家里其他人都回去，最好他也能回家。司机嘟囔着答应了。

电话挂了后，司机有点尴尬地说："哎，没赚到钱，都不好意思回家了。但是我们那边冬至和过年似的，有钱回家过，没钱借钱也得回家过。你看我……真的好失败。"我在后座，看不到司机的脸，只能通过后视镜看到他的眼睛，那双眼睛折射出的，只有深深的落寞。

这座城市的空气中有无形的鞭子，抽打着这里的人们，让他们像陀螺一样转着。转得开的就站住了，转不动的就掉下来。没有人同情，没有人怜悯。

这个修罗场啊，是容不得失败的。

穆　木

（二）我有资格厌弃生活吗

我至今还能记起 X 哥。X 哥是我高中时期的后桌，他的座位在教室角落，靠着门。无论上什么课，X 哥都会关上教室后门，缩在一摞教科书后面看小说。我翻过他桌上的小说，余华、莫言、马原、残雪，全是先锋派作家，他在一群看安妮宝贝的青少年堆里，显得格格不入。

与许多校园传说中的人物（不务正业，却一直保持年级第一）不同，X 哥每天趴在课桌上看小说，成绩也未见好过。

有一天班主任不安地问我："你了解 X 哥吗，能不能告诉我他心里在想些什么？"我尴尬地说："也许他就是不喜欢上学吧，像韩寒一样。"班主任问："那他在写作上有什么兴趣和天赋吗？"

答案很尴尬，没有。

在一群每日做题，立志考上重点大学的高中生里，X 哥是个游离的局外人。然而他也不是《月亮和六便士》里那个为了追求艺术而离开文明世界的天才。他只是个普通人，一个厌弃了生活的普通人。

我在 X 哥身上看见了自己的影子，他有着很多失败者的隐藏人格。厌弃了生活，但并没有找到另一条出路，无论是世俗意义上的还是精神层面的。《挪威的森林》里，绿子小姐曾说："你认为有钱的最大优势是什么？是可以说没钱呀。"失败也如是，唯有先行成功，才可以承认失败。平庸的普通人，若放弃了循规蹈矩的生活，就可能真的只剩失败了。

X 哥休学了一段时间，不知道去做什么了，大家都挺想念他的。大概一个颓废无望的少年，对拼命奋斗的高中生有特别的吸引力。

后来他又回来了，桌上的书换成了《百年孤独》。我们一起在深夜的宿舍里吃过泡面，但什么都没有聊。他像所有人一样参加了高考，之后销声匿迹。就像不再被人问起的孔乙己，这位失败先生，好像也从未存在过。

来 福

（三）愿你的人生与失败同行

有一段时间，我的一位朋友跟我说，"为什么在你的微信朋友圈看到的都是你生活精彩的一面，而从未看过你表露出什么不开心"。

以我跟他相熟的程度，我当然明白他的意思。他大概知道我的生活颇有不顺，但我却选择把活得开心的一面展现在朋友圈。而他，希望关心我不为人知的另一面。然而，不得不说，我还是不习惯这种好意的"窥探"。在我看来，"失败、不顺"，是我精神里的一块自留地。

人们不喜欢絮絮叨叨地谈论自己失败的人，却又同样不希望看见那些毫无缺点的人，这让"跟谁谈论失败"成为一个值得考究的社交问题。

当年我高考失利，拥有过一种不愿被任何人打探的心态。很幸运的是，那时我的父母让我自由选择了自己接下来要走的路。这种自由，减轻了我因失败而生的自责。大多时候，失败成为"心病"，是因为你觉得它牵扯到太多人的期待。

后来的我，并没有减少失败的经历：没有坚持下来计划，说过蠢话，处理过失败的人际关系并因此消失了一个朋友……这其中不乏很多被我潜意识美化的挫折。我不断告诉自己，"它们都是有原因的"，但我其实从未尝试去面对一个很简单的事实——"它们首先是失败"。

《头脑特工队》用奇妙的世界展现了心理学范畴里值得正视的一个问题：片面的快乐未必就是健全的人格，适当地允许失败，有可能是对自己更友好的自信。而我们生活中那些不愿意给别人"添麻烦"

的人，其实很大一部分是因为害怕给人看见自己"失败"的一面。可以想象，有这种角色负担的人，是很难让一段关系变得真正亲密起来。

我们喜欢看屌丝逆袭的故事，喜欢在存在渺茫的成功事例中分染一点支撑自己的力量，以此提示自己有一万个靠近成功的可能。

失败犹如"废物"，被光明的想象打扫、排挤。被清理掉的，还有我们对他人的同理心——别人害怕被你关注，更害怕被你期待。于是，我们毫不意外地进入一个原子化的"无缘社会"。

我偶尔会传播一些负能量的想法，正如我也学会善待自己那块失败的"自留地"。我甚至觉得，当我在这块自留地上漫步，会比任何展现出我成功一面的时候，更像自己。

"尚有些仗，全力亦打不上。"

愿我们都能认识到，没有失败的人生，是不值得过的。

袁艾家

●●●

世界太快，照片都已来不及纪念 ●●●

从人人网到朋友圈，几年间我们的个人主页在
不同的社交软件内流转，心情和签名档、小视频……
这些背后总免不了我们要为生活留下些什么的动机。

为何纪念？如何纪念？这可能要被重新思考。

生活中，有太少机会是像当初坐在静谧的筠园
（歌后邓丽君小姐的墓园，"台湾新十二大景点"之
一）里，看着阴郁的天空，听邓丽君小姐唱着"何
日君再来"。后来我们习惯了匆匆忙忙的告别仪式，
条件反射式的留影，不知该往何处倾诉的私人记载
和一堆散落在角落的蹩脚纪念品。

人们总说，要纪念。

我们回头细数，却是更多的忘却。

本篇关键词：

纪 念

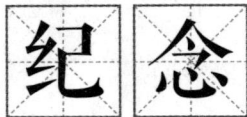

（一）死亡启示录

那天家里人让我去给外公拍照。他穿了西装，端坐在椅子上，我
摆好三脚架，调好参数，按下快门。这张照片是画外公的遗像用的，
两年后，在外公的葬礼上，我跟在这张遗像后面，送了他最后一程。
会想起拍照的时候，有一种怪异的感受，原来死亡是这么按部就班。

第一次面对死亡，是五六岁的时候。清晨起床，母亲神色异常，
拉着我去老屋，让我和堂兄们一起跪在曾祖母席前。对我而言，曾

祖母是陌生的，当时只感觉到这是一个"节日"。家中来了很多亲戚，每天要穿孝服跪拜，姐姐还被教导要捂着毛巾哭。

一切都是新奇的、好玩的，让我雀跃，而我对曾祖母的记忆，竟也都集中在她去世后这一百天的仪式里。

高中的时候，一次周末回家，我被告知收拾好东西，回家乡参加奶奶的葬礼。同样的仪式、同样的"热闹"，我却再也无法忍受了。

回学校的路上，一个朋友发短信跟我说，人死之后，会变成天上的星星。这句话相当俗气，我却很感激她。高三的自习夜燥热无比，我偷跑到操场散步，总会抬头寻找星星，希望那一点微弱的光线可以给我指引。

几个星期前，听闻一个旧时同学意外去世，我跟他关系并不算近，也还是很沉重。想起以前流传的段子，"如果有一天死了，QQ 签名就是你的墓志铭了"。于是我鬼使神差去翻了他的 QQ，签名没有写什么，倒是有几张近照，看着还是很难想象他离开了。

互联网虽然已经如此发达，但好像还是来不及建一个庄重的墓园，现在的人悄悄地死去，只来得及给自己留下几个社交网络的账号，作为唯一的遗产。

来　福

（二）六十分之一秒的信徒

朋友圈里偶尔能见到一些同龄的朋友分享他们小时候的照片，是一种堪称"国民回忆"的标准款式：上世纪八九十年代画风的胶片印晒，花裙子或牛仔裤，笑得一脸无邪，小部分有明显的影楼室内背景（红蓝底色），更多的是拍于各种自然风光或名胜古迹。

我家里至今保留着三四本厚厚的摄影簿。那里面有我一丝不挂的婴儿百日照，也有蹒跚学步时的满脸好奇。记得小学时家里接待亲朋好友，时髦风尚是拿出这几本相簿，分享一下新近去过的地方，在一片惊奇中讲起镜头里增添的风景。我的母亲一般会细心地给这些照片标注日期，还会欣喜地看着识字不多的我在空白处写下一两句日记似的感受。

曾几何时我还担心家里迟早会装不下这些一本又一本的照片，正如我认为随着人的长大，记忆会变得越来越厚重。但不知道从什么时候开始，这些摄影簿就没有再"更新"过。任何一册——直到现在，它们记录的东西，都停留在那个年代，被锁于家中某个抽屉里。

其中最重要的原因，当然是摄影（记录）模式的迭代。胶片时代的摄影师，像猎人一样守着恒变的世界，等待了几个月甚至数十年，才敢用六十分之一秒的时间去捕捉动人的"决定性瞬间"。

今天的人带着手机，随手一拍，上千张照片以数据的形式散落到虚拟空间，看似更殷勤的记录，却编织不出任何有仪式感的轨迹，照片所能起到的"纪念"意义变得更加轻浮。

最近有位摄影师朋友受委托修复某位过世老人的旧照片，无奈只有一张发黄的照片，极力修复依然难以恢复到最佳效果。与此相对，有时工作上客户发来摄影素材，一个小小的活动，就有几个 G 的照片，充斥着大量拍虚了的废片，与几十张一模一样歪歪斜斜的风景照。

数字摄影的时代，已经很少有人会敬畏按下快门的那六十分之一秒了。作为惩罚，他们永远失去了一张相纸背后数百倍重的内涵，以及由此衍生出的意义与故事。

袁艾家

（三）注定被遗忘的诗

祖母去世后，祖父和我们住在一起。每天早晨他去晨练，我都将粥端到祖父的房间。那天，他平日里写东西的本子敞开着，大概是早上写完了，忘记合上。

平常他要给我念他的诗，我都不大愿意听。因为那些所谓的诗，韵脚很别扭，意境也俗套，无非是蓝天白云碧草红花，末了还要歌颂党和国家，典型的老干体诗。可是爷爷乐此不疲，将这些诗句整整齐齐誊写在一个作业本上。

本子敞开的那一页，写了一首新诗，我读了之后心情很不好。是的，并没有什么不同：歌颂了一只蜜蜂，嗡嗡嗡地采蜜，采了蜜回蜂巢，给集体做贡献。这页被我祖父反复斟酌、细心誊写、视若珍宝的诗句，躺在那里。我看了许久，像在凝视一片无垠又寂寞的恐惧。

想到祖父八十多岁了，普普通通的一个人民教师，白发苍苍。祖父会自己旁若无人地喃喃自语，推敲着自己的诗句，像一个园丁照顾自己花园里的玫瑰花。他直面衰老，惧怕着死亡，而这些诗句，被他寄予厚望：可以让后来人记得他、缅怀他。这些诗句是他写给自己的墓志铭。

自从有了文字，人便得了"长生"的能力。肉身随风消散后，精神会随着文字被流传、吟诵而永存。可是又有多少人的文字可以被后人重新念起？又有多少人就这样像恒河沙子，面孔模糊无姓无名。

并不是诗的内容让我难过，而是因为这首诗如此平庸，平庸到我不知道还会有谁会看，而它们注定被人遗忘。这种恐惧，也如同深渊的凝视向我袭来。

祖父回来了，他看到我在看他的诗，很高兴的样子，"迟迟，来，我给你念一段我新写的诗"。

原来，恐惧才是注定被遗忘的东西。

穆 木

●●●

/
PART2
/
若能久伴，就此深拥

/

夫爷的 FM
提升你的恋爱软实力，
这里有最烂的播音，
最好的情感解说。

/

【请扫描二维码，倾听 FM】

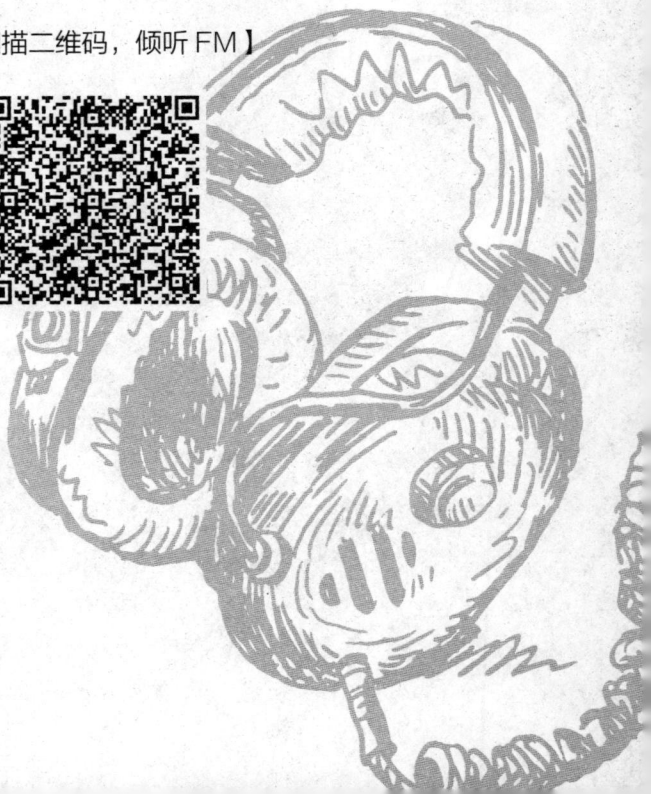

没有任何一段恋爱，可以跳过友谊 ●●●

无论是在电视剧里，还是在现实生活中，我们都经常听到一句话：女生是最了解女生的。但其实与之相对的也同样成立：男生是最能把一个男生看透的。因为在男生去观察男生的时候，是排除感情因素的干扰的。

比如我去看一个男生，我就不会去看这个男生给我带来什么感觉，我也不在意对方是否关心我或在意我。我只会看对方在何种场合做出何种反应，例如：他做了什么、他的言行是否一致。

女生通常会在什么情况下很热衷去了解一个男生呢？通常是已经喜欢上他的时候或对他有好感的时候。可是大家都知道，一旦女生投入了感情，她们就会把男生的优点放大，甚至把身上的缺点也当作优点看待。这并不能当作是女生有问题，实际上，这也是很正常的事情。可这就在客观上干扰了女生去判断这个男生的为人。当你想去或者是产生了要了解一个男生的念头，很可能说明你已经陷进了这样的恋爱感觉里去了，而那个时候的感觉会干扰你做出判断。

我举个具体例子。在尺度电台开播之前，我曾经写过一篇名为《恋爱不是一场弱肉强食的游戏》的文章，这篇文章提到了某类女生，她们的感情生活会出现一种很有趣的现象。她们喜欢的男生通常都是自己可望而不可即的，而喜欢她们的男生通常都会表现一种很轻视的态度。在她们心里，很少能有与她们地位平等的男生（至少她们的感觉里很少存在），可以说，她们对男生的态度是"喜欢的我高攀不起，不喜欢的爱理不理"。

这种情感模式我把它称为**弱肉强食模式**。这种情感特质的女生，就是我所说的那种"开始去了解一个男生时，意味着她们已经开始陷进去了"。造成这种状况的直接原因是不清楚如何真正与男生做朋友。朋友的前提就是互相平等尊重，但她们无法做到对大部分异性平等看待，要么仰视要么轻视。正是因为她们做不到平等，所以她们无法真正与异性做交心的朋友。

大家可能会问：和男生做朋友，对于我们的恋爱有那么重要吗？我可以很肯定地说，事实上，如果你无法和男生很平等地做朋友的话，你就无法真正学会了解一个男生。从男生的角度上看也是一样的，如果一个男生在与女生做朋友这件事情上都有障碍的话，他是不太可能去搞懂女生心思的，更谈不上去追到一个女朋友。

我知道，很多人尝试着去找各种恋爱技巧或攻略，但其实真正的功夫是要下在专业之外的。如果你想拥有一段健康的恋爱关系，你就需要能自如地和异性成为朋友，这便是最好的技巧。当你能平等地与对方建立友谊的时候，你就不会在意在开始的时候投入过多的期待或幻想，也不会被其他乱七八糟的思绪干扰而转移你的注意力。你也更不会进入那种弱肉强食的模式：要么傲娇地不理对方，要么一旦喜欢就一头猛扎进去。最后的结果往往是剩下自己一个人黯然神伤。

　　试问除了家人和恋人，还有谁会比你的好朋友更了解你呢？没有任何一段持久的恋情不是建立在友情基础之上的。所以我的建议是：如果你目前还看不清，或者没有学会去看清一个异性，你也不必着急。不如先从朋友做起，慢慢来。只要是你的，终究跑不了。**学会和异性真正建立友谊关系，是你尝试了解异性最坚实也是最重要的一门必修课。**

●●●

你其实没那么喜欢他 ●●●

我有一个认识很多年的异性朋友。她的恋爱经历并不多，对异性的标准算比较挑剔的，但时不时，总会遇到某个人能让她感觉蛮不错。"感觉不错"对于她的定义是：他是我喜欢的那一款，我喜欢和他待在一起，但至于要不要做我的男朋友，有待观望。

之所以有待观望，其中也有我规劝的功劳，那时我像个老妈妈一样语重心长地劝她："喜欢一个人给你的感觉和爱上一个人是有区别的，弄混了就麻烦咯。"这时，姑娘总会挺傲娇地回答我说："知道啦，我现在也只是在试探而已啦。"

然而，她却总是陷进一些古怪的烦恼里，在与男生暧昧过一段时间后，她开始很频繁地拿他们在微信上的对话给我看："你说他为什么说这句话呀，是不是代表对我没意思？""我们出去见面的时候还说XXX了，是不是暗示我们有可能啊？"她开始翻来覆去地琢磨男生给她发的每一条微信，试图分析出男生的内心，找到那个答案。

于是每到了那段时间，就成了她人生中比较煎熬而又有趣的阶段。每当她和男生出去玩，约会回来，总是感觉到很兴奋很满足，好像已经进入了热恋的感觉；但当她独处的时候，又会时常悲观到极点："啊，感觉我们之间不太可能了。"于是我开始问她："怎么着？你是已经考虑他做你男朋友了吗？"

她回答："这我还没想好。"

"那你想那么多干吗?"

她说："可我还不知道他到底什么意思。"

后来，在她受不了这种状态时，就会豁出去了，和男生表白。是的，那个一开始宣称"他可能不适合做男朋友"的妹子，最后居然主动向男生表白了。我一开始会以为，姑娘已经不知不觉地爱上这个男生了，日久生情，只是自己傲娇不愿意承认罢了。不过，男生婉拒了女生的表白。但神奇的是，女生并没有因为表白无果而伤心，反而一点也不纠结了。在继续跟男生暧昧了一段时间之后，发现男生同样也只是把她当成红颜、表达自己情绪的听众，慢慢地，姑娘对他的感觉也就淡漠了。后来她自己回想起这段感情,翻来覆去就是这么一句:"天呐，我怎么会看上这么个人?"

这种类似的剧情，在她身上重复发生了两三遍。

我们通常听到的故事，都是姑娘遇人不淑，爱错了人，所以最终无果。这些姑娘大多是一开始觉得这个男生合适，最后发现不合适。

而这个姑娘却不同，她属于一开始就知道对方不合适，却中途"神奇地"陷入暗无天日的情感纠结，最后又终于浪子回头说:"诶? 这不是我要的人啊!"

让我们暂且放过这个姑娘，先讨论一个有趣的话题:你是否有一套很明确的择偶标准呢。在夫爷接触过的姑娘里，对于这个问题的回答大概可以分为这么几类:

第一种女孩是心里真的有一套择偶标准的，并且在选男朋友的时候，她们会遵循这套标准去衡量。这类姑娘通常不轻易开启一段恋爱，而一旦认准了一个人，就会奔着结婚的目的去。所以你会看到有些人八百年不谈恋爱，猛然间找了男朋友，没两年就结婚了，省去了中间许多荡气回肠、要死要活的过程。事了拂衣去，深藏功与名。

　　第二种女孩是自认为自己有一套择偶标准，但实际上最后找的男朋友，却与自己一开始宣称要找的那类男生形成强烈反差，常亮瞎众闺蜜的钛合金眼。

　　第三种女孩，她们乐于承认自己说不出一套比较明确的标准，因此很难在一开始就很果断地确定，这个男生到底适不适合我。所以采取的方式："感觉对了就好了呀，想那么多干吗。"

　　在夫爷看来，这三种态度没有好坏之分，她们各有各的快乐，也会各有各的烦恼。

　　故事里的姑娘，无疑属于第三类姑娘。那位姑娘和男生暧昧的初期，正是因为"感觉好"，才有了那么一段愉快的相处时光。这时姑娘的期待值是合理的：我没打算一定要发展成情侣，我只是喜欢他身上的文艺气质和摸不透的神秘感，相处起来很有乐趣。

　　而坏就坏在，姑娘在享受这份感觉的同时，对这种感觉形成了依赖。而依赖的背后，就是害怕失去。当你害怕失去，你对于这份感觉的期待值就会迅速飙升，开始越来越没有安全感。所以姑娘开始不断地琢磨这个男生的信息，目的就是确保不会失去这样一份感觉，越琢磨不透就越会加剧这种期待值，直到产生这样的错觉：我已经喜欢上他这个人了。

所以，"凭感觉恋爱"的姑娘，在享受初期欢愉感的同时，却也面临一个很大的感情风险：一旦你对于对方的某种感觉产生了依赖，那么你很可能出现这样的状况：明明还没打算把他当男朋友，可你心中所报的期待，却已经达到了一个男朋友应有的期待了。

那么，如何根据你当下所处的情感状态，合理地投入期待值呢。很多姑娘在找夫爷求助时，经常会问类似这样的问题：

"我知道他不是一个专一的男人，我一次次告诉自己要断掉。但我就是控制不了自己喜欢他，甚至还会吃别的女孩的醋……"

"他一次次地伤害我的感情，我每次都告诫自己，一定要彻底和他断掉。可当他每次事后乞求我的原谅，我总是无法克制住自己，一次次地原谅他，真的好恨自己。"

这些姑娘，在道理上都明白，对方不是个值得托付的人，可她们内心却在期待对方能履行男友的责任。

这都是因为，对某种"感觉"形成依赖以后，造成的"期待值投入不合理"。因此对于"凭感觉恋爱"的姑娘来说，你既要享受"感觉"的愉悦，也要懂得成为这份感觉的驾驭者。那些你感觉很好，却能感觉到对方不适合做男朋友的，这时你的期待需要更多地放在享受相处的快乐上，你需要在乎的是开不开心。至于两个人未来如何，大可顺其自然。如果对方的表现，颠覆了你一开始对他的判断，这时你可以酌情提拔他为"准男朋友";只是你需要以最短的时间完成对他的评估，到底适不适合做男朋友？我相信到了这时候你会有自己的一套标准。等你真的确定："嗯！这就是我要的男人！"那时再去期待"得到他"，期待他也和你一样喜欢你。

我还是要强调这个很重要的一点：在你没有确定要做对方的女朋友之前，你完全不必在乎他是不是喜欢你，相处得开心就好了。

其实驾驭感觉的核心就是给这份感觉划好界限。如果你觉得自己有这方面的短板，不妨时不时地问自己这么一个问题：到底把对方摆在哪个位置？是男朋友、"准"男朋友，还是好朋友、蓝颜知己，还是暧昧对象。我相信明确了位置，你会避免一些本不该走的情感岔路。

●●●

女生该不该主动 ●●●

最近经常听到这样一种论调：男生不会珍惜轻易得手的女生，所以要让他们别那么容易地追到。

这种论调给出的理由出于征服的快感。部分男生认为，通过不懈努力追到的女生，会产生成就感。如果节奏太快，那么这些男生在追求你的时间和精力就越少，自然越不容易珍惜。那么，这种说法到底有没有道理呢？

为此，我特意去了解过几个男性朋友的想法。结果发现，不同性格的男生对喜欢女生的表达方式是不一样的。

对于性格强势的男生，女生表现得越内敛越好。"如果我喜欢一个妹子，那她最好就不要表示太多，等我去主动、去把控进展。如果她很早就表现得太主动，我反而有种被人拿下的不舒服感觉。"

不过也有男生给了我截然不同的答案。对于内敛的男生，女生在与他相处的过程中所表现越洒脱，他反而越欣赏。但他们主动表白的概率很小，抑或酝酿很久，直到憋不住。看来，男生在恋爱的节奏上，的确会受"女生主动与否"的影响。

对于女生，你自己原本的性格和情感特质会决定你吸引怎样的男生。但我们要考虑另一个问题：女生到底要不要为了迎合男生的喜好，而改变自己原来表达感情的习惯。

如果是一个含蓄的女生，她喜欢的男生又很闷骚，那么她是否有必要对症下药，变身霸道女王把他拿下呢？又或者说一个奔放的妹子，喜欢上的男生也很主动，那么她是否要针对他的软肋故作婉约呢？

在我的朋友圈里，主动追男生的事情并不少见。其中不乏修成正果的，但也有悲剧结尾的。结局悲壮的女生就会得出结论："女生在恋爱的时候千万不要主动，主动必死！不要作，不要贱。"但那些把男生追到手的，就会坚定自己的态度："既然喜欢就大胆说出来，没必要把自己憋得那么难受，大不了失败了重新来。反正不说出来，也改变不了他是否喜欢你。"

每个人都有一个习惯表达感情的舒适区。如果这是一个"一旦喜欢上就想在一起"的人，非要他闷在心里假装很含蓄，他会感到不自然并且很辛苦；如果这是一个本身性格内向、不太喜欢主动表达自己的情感的人，却要让他主动出击，他反而会感到忐忑不自在。一个人想改变自己的性格是很不容易的。这往往需要长时间的努力，而大多数时候，也没有必要去痛苦地改变自己。不论主动或被动，如果它离你的性格偏向太远，说明你已经失去对自己的掌控。这个时候的主动被动，已经是个次要的问题。

这里有个例子。有一个女生，她在表白的时候，会带有一种无奈和被迫感。一开始，她很喜欢某个男生，压抑着自己不去表示，尽量隐藏自己不被别人知道。但是时间过得越久，她对这份感情的投入就越多，期待也会越高。她开始心慌：他怎么还不向我表示呢？她在纠结的同时，也会不断找理由：可能是他太迟钝没有感觉到而已。无奈之中又期望自己能够做些什么来促使这段事情发生逆转。最后，反而出现一种"早死早超生"的心态去表白。实际上，她是想为这件事情做一个了结，为纠结了 N 久的自己讨一个救赎。

这时的表白已经不是单纯的表达爱意，而更像自我的一个宣泄。可想而知，在这种情况下，结果会是怎样的。到最后，我们就会听到这样一种论调：女生千万不要先表白，你一认真你就输了。

实际上是这样吗？我想，并非如此。当你尽可能表达自己观点的时候，这个时候你吸引的异性，多半和你的性格是相互匹配的。哪怕你很坦然地去表达自己反而把对方推远了，这未必会是坏事。这也可能说明你们原本就不太合适。我们不可能在任何时候，都能保持这种"非自然的状态"去伪装。今天可以对症下药表现出他喜欢的样子，但又能否永远保持这种状态呢？自己又是否乐意呢？

这就是为什么真正理想的恋爱，是要双方都相互喜欢且两人都在最真实、自然的状态。谁也不需要刻意伪装自己来迎合对方。那些坚持做自己的人，短期来看或许会丢失一些机会，但从长远来看，你会比其他人更能吸引更适合你的人。

因此对于恋爱中女生是否要主动的问题，不取决于男生到底是怎么样的人，而重点在于你是一个什么样的人，你适合采用什么样的方式。

●●●

如何才能真正看清一个男生 ●●●

在开始这个话题之前，让我们做一个有趣的假设：有这么两个男生，一个对你很好，每天晚上坚持和你互相道别晚安，记得和你有关的每一个节日，你不高兴的时候还会主动安慰你；另一个男生，他很少主动向你表示，也不怎么安慰你，你不高兴的时候，他张嘴就讲各种道理，从来不知道怎么去哄你开心。那么，这两个男生谁对你会更负责任？谁会更爱你？

一般男生如果具备第一个条件，许多女生就会认定：他是真心对我好，是爱我的。然而实际上，这些事情根本没有任何有用的判断信息。

对于第一个男生，你无法通过这些行为去看到他背后的动机，或许到了需要对你负责任的时候就会逃避。而第二个男生，可能反而会在你需要的时候替你摆平许多事情。因为有相当一部分男生的思维是"去解决问题"，他们不懂得如何去制造你想要的感觉。当你告诉他你的需要，他会第一时间替你挡下困难，但却很少能给你感觉。

因此，一个男生表面上对你好与不好，并不能作为判断他为人的依据。事实上，正是因为很多女生过于关心男生的心里想法，才没有办法及时了解他到底是怎样的人。她们太关心男生对自己是什么感觉。

有没有一种办法能够一眼就看透这个男生的为人呢？老实说，并没有一套万能的方法。了解一个人，需要用心观察，需要时间慢慢积累。但我仍然可以举一个事例来抛砖引玉。

有一回指导我做情感咨询的老师来到深圳，我们几个学生一起陪老师吃饭。趁着这个机会，忌廉师姐把自己的男朋友带了过来，她想让老师帮忙瞧两眼，希望得到老师的认可。忌廉师姐工作能力虽然很强，但是骨子里却是个小女人。她男朋友培根身高一米八有余，身材魁梧，肩膀厚实。他在饭桌上的表现低调内敛，看上去蛮有安全感。

老师哄了师姐两句，把我师姐调侃得十分开心。于是趁着这个兴头，老师便向师姐提出让她来负责点菜。师姐乐意地答应了。

饭桌上共有十余人，而师姐是一位很会顾忌他人感受的人。让她一个人点十几个人的菜，她一下子有些慌神。因此她拿起菜谱纠结了半天，也没有底气去下决定到底点什么。她向男朋友求救说："我不知道点什么好，要不帮我看看？"男朋友慢吞吞地接过菜单，随便翻了几页，然后把菜单塞回给师姐说："我也不知道啊，你看着点吧。"然后便看手机去了。忌廉师姐一脸的尴尬："啊，怎么办怎么办，我不会点。"而老师也装作没有看到。直到后来有另一位好心的师姐主动伸出援手接过点菜的活儿后，忌廉师姐才长叹一口气。

饭桌上大家聊得很开心，老师也趁机冷不丁地起哄地与师姐调侃道："你们都这么顺利了，要不趁着黄金周把婚结了吧？"忌廉师姐听了这句话乐开了花。她一直期待能得到老师支持的表态。见到如此，我们其他的喽啰也起哄起来："结婚吧！结婚吧！"然而，培根师兄却很紧张地谢绝了："现在还为时过早啦，我们再计划计划吧。"

那次饭局过后，忌廉师姐便越来越觉得培根不靠谱。后来他们去了一趟旅游，然后彻底分手了。

细心的读者可能会感觉到老师是有意在暗示师姐的。他制造了几个考察男生非常有代表性的场景，让师姐有机会跳出来看看她男朋友的行为。

我们知道，一个人的习性是会延续的。当他将菜谱塞回给师姐时，实际上反映了他是一个责任感缺失的人。如果他真懂得负责任，即使点菜水平不高，也应该接下菜谱替女朋友挡下这个事情。哪怕最后菜没点好，也能够在众人面前给她一个台阶下，或许还会让师姐得到几个赞誉"你找了一个很好的男朋友"。但很可惜，他选择把自己与这事情撇清楚，任她在台上难堪。这一小细节，就能反映出这个男生对于师姐是不负责任的。

遇到这样的男生，无论平时感情有多么如胶似漆，遇到关键时候习惯性闪开，然后让你一个人独自承担所有，你就要好好思考了。如果连点个菜都推辞逃避的话，还能指望他未来对你承担更大的情感责任吗？老师抛出结婚这个场景，就是让忌廉看清培根对彼此的态度。很遗憾，从培根的反应里，明眼人都能看出他并没有给两人规划一个未来，也没有将这段感情往婚姻层面上经营。他不想承担婚姻的责任，而师姐则希望得到一段奔向结婚的恋爱，这就注定了他们的爱情最终不会有结果。

女生花很多心思去了解这个男生在想什么，他做这个举动是为什么。实际上这是走向一个误区。很多时候，一个男生是怎样的为人，会体现在生活中的细节上。如果你足够用心，跳出来看生活上的这些点，其实很容易看出他到底是怎样的一个人。

● ● ●

请不要贪图你还不起的爱 ●●●

在恋爱关系中，男生为了追求异性，大都表现得比较主动。很多男生千方百计绞尽脑汁地对女生好。买早餐、送牛奶、献殷勤无所不用，就像掌上夜明珠似的把对方捧在手心里呵护。

对女生而言，有人对自己这么好，一般也不会拒绝。再说，两个人并没有契约关系，女生就算理解为男生的自愿行为也无可厚非。然而事实上，这份好，真的没有代价吗？

我身边有一位比较实在的来自北方的朋友。他性格虽然内向，但对人真诚，心思也很简单。前段时间，他喜欢上了一个女生。他自己的情感经验几乎为零，因此也不懂得怎么去表达对她的喜欢，只知道一味掏心挖肺地对女生好。女生也是刚刚失恋，正处于疗伤期。因此碰到一个对自己好的男生，女生并不拒绝，反而默默享受男生对她的付出。

尽管女生并没有对男生产生喜欢的情感，但男生可不管这些，他心里想着只要女生开心就好。他没有表现出要追求女生，而女生也没有点破。于是他们便形成了一种默契：男生默默投入，而女生默默享受。

终于有一天，可能女生从失恋中走出来，她发现自己承受不起男生对她的好，于是便约谈了男生一回："我很感激你对我的好，但是我们不会成为男女朋友，我不值得你这样子对我。"然后便单方面断掉了这种暧昧关系，维持普通朋友。

曾经对她表现得很暖男的那个男生，也在某一天，对着我们发泄他的满腔哀怨。他承认自己并非如此单纯，不过是想通过对女生的付出感动她而已。曾经的暖男形象，不过是一种自欺欺人的伪善。

如果你还不起，请不要随意接受别人对你的付出。

其实在别人对你付出感情时，对方多少都会对你有所期待。有的人一开始真的只是单纯地对你好，但随着投入的感情增多，他也难免会对这份感情产生期待。如果最后大家并没有修成正果，他将要独自承受这份失落。一旦他承受不了，原本对你的满腔爱意，最后会变成怨恨。

很多人会将女生这种行为当作"找备胎"，但其实不全是这样。很多女生并没有要培养备胎，但她们会无意识地慢慢陷入这种模式。因人性使然，当她们情感受到伤害后，出现一个看似无偿关心、付出的人，同时，他也没有明确表示出他的目的性，多数女生在这个时候，就不能够很明确地拒绝对方。女生往往选择被动地顺其自然，直到她慢慢习惯了这个男生的付出。等到她舍不得去割舍时，就会发展成恋爱的结果。

但是不是女生接受了就意味着万事大吉呢？

和之前的案例情况差不多，另一个案例的女主人公也是刚刚经历与前男友分手。这个时候另一个男生出现，并对她发起了情感攻势。几番攻势之下，女生的确被他的诚意感动了，最后接受了他并成了男女朋友。但事实上,女生对他的感情,只出于感动,而非心动。

当两个人在一起之后,便出现了很严重的问题:当一个女生并非对你真正心动的时候,你们的相处是非常累的,甚至心寒。因为心动,就意味着要欣赏,可女生对男生本质上并没有欣赏,因为他并不符合自己理想的择偶要求。

尽管她很努力地去表现,但有些东西是装不出来的。无论男生多努力,都没有办法在自己女朋友身上感受到这份基于欣赏之上的爱意。又怎么能不怨恨呢?明明已经确立了关系,却得不到你的爱意,这种"得到你的人却得不到你的心"对于男生而言,比表白被拒更难受。在这以后,他们"因爱成恨",最后连最开始的感动也没有了。两个人只剩下了说不完也理不清的埋怨。

很多女生都曾经对自己的男闺蜜说:"你对于我而言是一种很特别的存在。"其实这句话未必是谎言,或许她们内心最真实的想法是"我习惯了你的存在",但并不代表会欣赏你。我们不必去谴责这种行为,因为这种行为本身就伴随着因果关系。如今将各种因和果都摆出来给大家,至于怎么做,每个人都有自己的选择。只是,每一个选择之后,都有它所对应的结果罢了。

● ● ●

对你好的人，未必是对你负责的人 ●●●

很多女生在为男朋友辩护时，都会用这样一句话来证明他是值得托付的："他愿意为我这样付出，难道还不够吗？"

然而，她们并没有看清事情的真相，或者说不愿知道真相。其实，在进入恋爱阶段前，男生想要获得女生的芳心，大多都会采用"对你好"的攻势。事实上，一旦女生也陷进了这种攻势，明确了恋爱关系后，她便会忽视另外一个考核标准——他会对我负责任。

"对你好"能否与"对你负责任"直接画等号呢？

答案当然是否定的。

一个愿意对你负责任的男生，一定会愿意对你好（至少从他的角度来说会对你好）；但反过来，对你好，甚至愿意为你牺牲很多的男生，并不一定会对你负责任。

林同学是我大学时候圈子里公认的好人，只要是外出，他都会提前备好各种物品，比如纸巾、圆珠笔甚至军刀，因此每次出门，他的背包都特别重。他也很少拒绝别人的请求，哪怕会给他添麻烦，他都会尽量答应。况且人帅、性格闷骚，简直就是枚连冰山都能融化的暖男。

当时我们都很好奇：他在谈恋爱的时候会是一个什么样的状态。很快答案就揭晓了——他单恋上了仙同学。

那个时候的他，掏心掏肺地为仙同学好。清晨送早餐到她楼下、给她占座买零食什么的，对他而言根本算不上什么。一个闷骚男，因为单恋一个女生做出很多自己永远都不会去做的事情，想想也觉得惭愧。

然而仙同学性格高傲，情感也比较独立，并不容易被这种温柔的攻势感动。一开始，她对林同学真的完全没有感觉，甚至还有点轻蔑。但时间一长，仙同学也能感受到林同学的心意，久而久之，她的态度也有所转变。

女生嘛，总有心软的时候。仙同学慢慢开始接受林同学，还给他发出一些很明显的暗示。当我们所有人都以为这事儿要成了，瞎想着林同学会在仙同学楼下如何进行浪漫表白，仙同学如何感动哭着答应的时候，林同学却无论如何也不敢跟仙同学表白。

林同学解释说，"如果我不说，大家还能在一起。如果我说穿了，她拒绝我，那我们就彻底没有机会了。"

"你有什么不敢的，你没感觉到人家已经在默许你了吗？"

任凭我们怎么劝，他就是不敢去跟仙同学表白。到嘴边的鸭子，不但没有飞，还暗示着"快来吃我吧"，然而林同学却还在犹豫着要不要吃她。尽管这样，他对仙同学的付出却一直都没有停止。

林同学这种反应并非没有先例。在这之前，他有过两段类似的经历：女生主动追他，而他从来都不主动跟对方表白，哪怕对于一个女生喜欢得不得了，也宁愿烂在自己心里，打死不说"我爱你"。当然，最后都是无疾而终。

仙同学也遇到了之前两位女生所遇到的纠结：他到底喜不喜欢我？他喜欢我的话为什么不表白？不喜欢我的话为什么又对我那么好？

终于，她收到林同学写的一封信。当仙同学看到信中的这句话时，她再也看不下去了：

"我觉得我还是没能做好足够的准备来让你幸福。"

自此以后，哪怕林同学对仙同学再好，她也彻底不想理他了。

事实上，一个男生愿不愿意对你好，取决于他的主观意愿。至于负责任呢，就不仅关乎主观意愿了，还与内心的成熟和担当有关。

如果当天仙同学反过来跟林同学表白的话，林同学肯定是接受的。但林同学是一个害怕失败的人，他内心的脆弱，让他无法担负起一个女生对他的情感期待。因此尽管他人品很好，也是会做出这种让女生伤心的事情。或许在他的心里就没有情感责任这个概念，也不知道怎么样才叫负责任。

另一个女生也曾咨询过我：她跟男朋友从高中相恋，到研究生快毕业一共7年，但最后还是分手了。他们感情上是没有问题的，问题在于现实因素。

恋爱开头，两个人之间特别地黏，彼此也觉得会一辈子在一起。然而男生却从来没有和她真正聊过两个人的未来：不谈结婚，也不谈毕业后的规划。每次问他对未来的打算，得到的答案都很敷衍。他迷茫前途，也迷茫以后的发展，每次的说辞都是"等我们毕业再说吧"。

他并非不愿意对这个女生负责任，只是没有概念，也没有能力去规划两个人的未来，可这恰恰表现出了不负责。连自己都没能力照顾好，又如何对两个人的未来负责任呢？

●●●

为什么有些情侣就是磨合不到一起 ●●●

我观察到一个很有趣的现象：同样是对一段感情厌倦，很多人对这个结果的心态是截然不同的。有些人就会看得很开，"没感觉了？那就分吧"。但是也有很多人感到纠结，他们常怀有一种要这段感情努力维持下去的愧疚感。

第一类人他们对于恋爱的诉求是几乎不关心这段感情有没有未来的，但是也比较难让一段感情走到底，因为保持遇到不合适就果断分的这种习惯，会使得他们一旦遇到这种问题，第一反应不是去磨合解决，而是习惯性去回避它，直到最后彻底断掉关系，最后重新开始新的一段恋爱。

所以你会看到很多人他们谈过很多段恋情，也分过很多次，但是这个过程让他们一点也不痛苦，看上去特别无所谓。分手对于他们来说好像"挥一挥衣袖，不带走一片云彩"。

第二类人是那种分手之后会觉得愧疚失落的人。主观意愿上，他们会希望把一段恋情往持久的方向发展。所以一旦两个人莫名其妙地没有感觉了，或者说厌倦了，他们就会觉得纠结，在即告分别的边缘想要去修复它。但是感觉淡了这种事情，往往会让人心有余而力不足，不知道该怎么样去修复这段感情。这种主观意愿上很努力，但是没有办法往好的方向发展的人，是非常普遍的。

我们常说，恋爱是需要经营的，但是这个经营，有很多人理解为妥协和忍让，或者是玩弄技巧。如果真是这样的话，那恋爱就太累了，也太无趣，会把人吓跑。其实经营两个人的恋爱关系，忍让和包容总是被我们频繁地提及。但是我们也很容易忽视一个先决条件：忍让和包容，是要建立在把两个人在恋爱中的角色定位达成共识的前提之下的。

尺度团队里的詹姆斯，曾经和我聊过一次躺枪的经历：在大学期间，他与他女朋友和其他几个朋友去玩密室逃脱，结束之后大家一起坐地铁回家。詹姆斯的女朋友因为要转线，所以中途就下了。另外一个女生 A 看到他女朋友一个人下了地铁，于是就严肃地跟詹姆斯说："哇，你这个做男朋友的，竟然不送女朋友回家。"詹姆斯觉得很愕然，他觉得"诶，我家在她家反方向啊，要是送她回家我来回还要折腾一个半小时呢"。A 一脸不屑地说："那又怎么样，送女朋友回家那是应该的！" A 就像在看一个渣男一样看着他。

我们不去探讨到底谁对谁错，造成这种分歧的主要原因，其实是他们对彼此恋爱角色的定位不一样。

詹姆斯的女朋友当初看上他，就不是冲着他的浪漫去的，而是她觉得这个人很上进靠谱。所以他俩潜移默化形成的定位分工是这样的：两个人都有着彼此独立的追求，他们互相成为精神上的陪伴。遇到困惑的时候都会相互鼓励，但在不是特别需要的情况下，尽量不会对对方造成任何困扰。

而 A 的恋爱关系里，她与她男朋友所形成的恋爱关系角色定位则是另一种模式。她希望她男朋友的角色是一个不断制造浪漫感的人，要把她捧在手心里。而且自己作为女生，她觉得自己是需要照顾的一方。在她的认知中，恋爱关系里的男生就是应该多照顾女生。

我们不去评判这两种方式的优劣，每个人的情感需要都是不同的。如果强行将一种标准施加给所有人，那是很可怕的事情。比如说：很多人都鼓吹"男人就该赚钱，女人就该操持家里"，但也有人很痛恨这种说法。这其实也是一种角色定位的方式，并不可能施加给所有人。正是因为詹姆斯和 A 在恋爱的角色定位是不同的，所以送女朋友回家这件事情，在 A 看来，这是义务；但在詹姆斯看来，这是多余的；而在詹姆斯的女朋友看来，你送我回家固然好，不过要是太麻烦的话也可以免了。

所以我必须再次强调：造成这种分歧的主要原因，并不是这个男生是否浪漫，是不是对女朋友好，而是他们彼此所期待的角色定位分工不同。两个人在恋爱初期，对彼此的角色定位是很模糊的，大家都需要一个试探的过程。对于恋爱初期的磨合我们总是习惯性地想到生活习惯、脾气还有性格的磨合等，但这些方方面面的磨合，最终还是要定位在两个人角色定位的磨合。

我在之前说过：当你想搞懂一个男生，并不是看他给你制造了什么样的感觉，而是要去观察他是一个怎样的人。比如说他有才华、他跟你说话很温柔、他有一天早上在你宿舍楼下给你送了一份早餐，等等，这些只能说明，他给你带来了什么样的感觉，或者说他对你好不好，这并不能说明他是一个怎样的人。

女生需要从恋爱的角度去判断一个男生，例如：他这个人一旦开启一段恋情，会习惯性地扮演怎样的角色？而他扮演的那个角色，是你想要找的那一类吗？他符合你对于你理想男友的角色定位吗？这个角色定位就包含了很多内容。它确定了你们情侣的义务划分，比如说：哪些事情是女方应尽的责任？哪些事情是男方应尽的？哪些事情是双方的？这些责任的划分在没有确定角色前，并没有一个统一的标准去规定。

情侣之间能不能磨合得越来越好，就决定于两个人在角色定位上能否达成共识，并且双方都能恪守自己的角色。这中间只要有一方是委屈的不接受的，那么这对情侣不论怎么努力，两个人最终只能往坏的方向发展。试想一个正常人，不论再怎么忍气吞声地给自己做心理暗示，都只是在强行压制这些问题，只会把这些积怨越压越深。直到有一天彻底爆发，后果就是分手，两败俱伤。只有双方都找准了自己所扮演的角色并且都认可它，做这个角色会让自己感到快乐，两个人共同地默契去建立情感关系，你们的恋爱才能进入一个正能量循环的状态，感情世界中才不断会有新东西衍生出来。

到那时候，你们在一起的感觉就如酒一般，越久越有味道，而非开头说的越来越难熬。因此，很多你们认为复杂、细小的问题，总结起来就是角色定位的问题。

●●●

异性恐惧症是如何被治愈的 ●●●

最近这段时间,"女性独立"这个话题很受大家的追捧。但是在追求独立的路上,很多人都会遇到各式各样的困惑。比如时不时会有听众跟我留言说:"我不希望自己爱上谁,因为我很理性和独立。一旦恋爱上,我很容易依赖对方,以对方为中心。这样让我很害怕。"

听了这段话以后,我马上找到了问题的症结:她害怕跟异性陷入一段稳定的情感关系,其中还包含一种对异性的恐惧。越走进她的内心,就会害怕接受别人的爱,从而害怕承担给对方的情感责任。

这是异性恐惧症的一种常见的表现。真正不想谈恋爱的人,是不会纠结于这个事情的,反而会很坦然。但异性恐惧症的人是缺乏感情、需要感情的。他们表现出对恋爱的渴望,但当摆在他们面前的时候,他们又会害怕,在最后一刻选择躲开。

总的来说,他们会因为各种原因没办法在恋爱的时候很好地保持自我,也没办法有安全感。造成这种现象的原因,大多数是与环境和个人经历有关。比如家庭环境的不稳定,会让这些女生在自己面对爱情的时候,本能地缺乏安全感和持有一种对爱情的悲观态度,对维持一段稳定的情感关系造成困难。

还有一些人会觉得自己身上没有值得被爱的地方,因此会怀疑所有喜欢自己的人:"你真的喜欢我吗?""我有那么好吗?"然后又自行脑补出答案:"哦,他们之所以喜欢我,一定是没有看到我真实的样子。等他们真的走到我内心里去,就会发现我没有他们想得那么好。"

所以她们会想方设法不靠近自己喜欢的人。

蜂蜜同学便遇到过这样的情况。在他做兼职的中介时,他给安静内向的柠檬同学介绍了一份钢琴幼教的工作。第一次试教的时候,他看到柠檬同学教小朋友弹钢琴时那种温情的眼神,便喜欢上了柠檬同学!在他正准备追求她的时候,却发现:柠檬同学有恋爱恐惧症倾向。她害怕对异性袒露内心,与别人接触时,眼神不再像教小朋友弹钢琴那样温情,细看的时候还会感觉到一股落寞(这是受过情伤的表现)。

然而蜂蜜同学依然坚定要追求她。在了解到柠檬同学之前两段恋情还没牵手就夭折了之后,他便对症下药,采取一种润物细无声的方式来攻克柠檬同学的异性恐惧症——我对你毫无所求,但你的生活我会无处不在。

在这样的模式下相处久了,柠檬同学也渐渐在他面前表现出另一面,那是孩子气般小女生的状态。很多事情,她开始主动问蜂蜜同学的看法,让他给自己出主意。他很懂得柠檬同学需要的是什么,"当你需要我的时候,我会在你身边,你不需要我的时候,我会在天边"。

慢慢地,柠檬同学就对他产生了一种情感上的依赖。蜂蜜同学也很聪明,他不断地在她面前刷"存在感",但一点都不透露出自己对她的喜爱。等到柠檬同学反应过来时,两个人已经向情侣的方向发展了。她的生活习惯了有他。不知不觉的,蜂蜜同学就悄无声息地融入她的生活里，成为她生活里难以割舍的那部分。

蜂蜜同学这种黏皮糖似的方式，反倒让柠檬同学先按捺不住了。她开口问蜂蜜同学："我们俩是什么关系呀？"蜂蜜同学比较谨慎，不敢接招，便回答了一句颇为耐人寻味的话："谁知道呢？"直到柠檬同学给了他一个更明显的暗示，他才敢接招向柠檬同学告白。

所谓异性恐惧症，实际上是当事人的一种心理作用，并非代表她真正对异性有抵触。异性恐惧症的人，实际上是非常渴望异性的。如果你的心力足够强大，你自然可以通过自己来克服异性恐惧症。但实际上，并非所有的人都足够坚强去面对很多生活环境上的影响。

对于克服异性恐惧症，我姑且有一个可操作的方法：你不必刻意改变自己，勉强自己去迎合别人。你唯一需要克服的，就是告诉自己：这个世界很大，什么人都会有。会有那些让你心寒透顶的人，但也有那些让你感觉到重新获得新生命的人。你不必因为自己某些经历，就一下子切断了所有的可能性。只要仍旧抱有信心，相信一定存在适合你的人就可以了。

当他出现的时候，你的生活只会越来越轻松。那个适合你的人，他会有足够的智慧，能循循善诱地把你引出来。你需要做的，就是给他（她）的到来预留一条路。

● ● ●

如何与大男子主义者谈笑风生 ●●●

之前兴起过一个词，叫直男癌，用来形容一些对女性看法上三观存在问题的这批男人。但是这个词最近有被乱用的趋势，好像什么缺点都被归结为直男癌。

许多人愣是把"大男子主义"和"直男癌"完全等同起来了。

这两者的确是有相同点的，例如他们都追求自己在一段感情中的支配地位，但前者的根源是希望得到女性对自己的仰慕，他所担负的责任和享受的权利很多时候是对等的；而后者，却是从骨子里歧视女性的。

为了形象说明这一问题，我们可以举一些例子。

大男子主义对女性有种偏见，这种偏见是为了给自己某种自信。如果遇到比自己优秀的女性，大男子主义者的第一反应是有点蒙：这妹子这么牛？紧接着自尊心会略感动摇：擦，我怎么可以输给一个女人？

大男子主义听起来是对女性的偏见，但实际上产生这种偏见的动机，是为了给自己找面子，是自尊心作祟。

而直男癌就不只是偏见这么简单了，这是赤裸裸的对女性这个群体的歧视，这种歧视的动机是为了给作为男性的自己理直气壮地谋取利益。

就同样的情况，直男癌遇到比自己优秀的女生会说："你一个女的那么努力工作干吗？你就应该赶紧嫁人在家带孩子。"

大男子主义更偏向的形容词是强势，他只在意自己的女朋友是不是仰视自己，是不是服自己，其他女生怎么样他其实不关心。而直男癌更侧重的是因自私而对女性天然的藐视，口头禅是"女生就应该如何如何"。

如果你既讨厌大男子主义者，也讨厌直男癌，这没有什么问题，但不能轻易把这两者等同。

实际上大男子主义这个词，本身是带点贬义的，因为大男子主义意味着对女朋友有种控制欲在其中。但并没有这么简单，因为大男子主义也分恶性和良性。恶性的大男子主义者，他们的控制欲是为了自己，通过霸道的方式把自己的快乐建立在别人的委屈上。

而良性的大男子主义者，他们也会表现出控制欲，但他们的最终目的是为了维护自己的面子，而并不是实质上要控制你。

其实从观念上来说，我们的父辈往上的那个年代的男性，按照现在的标准去衡量的话，99%的人都是大男子主义，但是这并不代表着，这99%大男子主义者组成的家庭都是不幸福的。

两个人是否幸福，取决于当事人的恋爱诉求是什么，也就是女方想要什么。如果她最看重的东西是男方的责任心和魄力、勇于担当的特质，那你有点大男子主义，在她们眼里可能还是优点，有时候她们喜欢自己男朋友表现得霸道一点。在她们眼里这是男子汉气概。

对于一部分女生来说，性格温和却优柔寡断的男生，给她们带来的吸引力不如良性的大男子主义者。但很显然，这种良性的大男子主义者是一种残缺美，从配偶的角度来看的话，优点和缺点都很明显，但在很多女生这里，依然会不考虑。

如果你感觉自己喜欢躲在幕后，不愿意抛头露面和出风头，不喜欢去张罗太多事，也不怎么挑剔，外加你感觉自己缺乏安全感、有选择困难症的话，是比较适合这类男生的。

最后说说怎么样反过来驾驭这些良性的大男子主义者。

如果和他硬碰硬，他会用尽全身力气和你抗争，所以比较有个性的妹子不太适合找他们做男朋友。但这类男生有一个很大的攻破点：他们喜欢挑战权威，但也很喜欢帮助弱者。

所以最好的整治办法是，哄他给你干活。这个哄就是随时给他制造一种"哇，你好厉害，你是我的偶像！我这辈子就靠你啦！"的幻觉。然后你要经常给他找事情做，把你自己觉得有压力的事情，能扔的都扔给他。不是命令或者安排他做，而是表现出一种"我已经不行了，你快来救我"的姿态。每当他做完一件事，你要给他颗糖吃，类似说一句"你好棒"，他就会有更大动力继续为你"当牛做马"。

绝大多数良性的大男子主义者都是纸老虎；看起来很不好相处，实际上头脑比较简单。他们的核心需求就是渴望被需要，想要通过自己的努力获得存在感。抓准这个死穴，就是你在驾驭他，而不是他在驾驭你。

但直男癌这种歧视女性的人嘛，能少一个就少一个。

●●●

太在乎输赢，最后就会丢了爱情 ●●●

大概是在我做情感咨询的半年多以来，我发现了一个非常有趣的现象，即和我聊过的尺度读者，都普遍认为：越优秀的人就越应该找一个优秀的人在一起。于是，出现了诸如遇到这样的问题：

"我喜欢的男生，都很优秀，可是他们都不太会关注我；然而喜欢我的男生，我又都觉得看不上，不是我喜欢的款。"

她们有一个观念特别有意思，觉得那些优秀的男生一定会喜欢更优秀的女生，这样才显得"般配"。

其中有一段话让我特别留意："因为他们在我眼里非常优秀，我总是觉得是不是自己不够好，然后就想让自己努力，做一个有趣的女生。我去健身、读书、旅行，尝试好多新鲜的事情，我努力让自己变得更好，尽量让自己配得上他们。但他们每次找的女朋友，总让我有些不甘心。"

其实很多女生都向我表达过类似的想法。

"我被甩了，因为我不够优秀，当我变得足够好，他就会重新选择我"；或者"我男友移情别恋了，说到底还是他认为那个女生比我好，所以我要成为一个更好的女生，这样他就会选择我而不是别人了"。

听起来其实蛮正能量的，但这些话背后流露出了一种价值观：爱情变成了一场纯粹的弱肉强食的比赛。想赢，就要变得更优秀，你要是不努力，你就输了，你的猎物就会被别人抢走。

这样的心态会出现一个什么问题呢？

你会带着一种有色眼镜去审视身边的异性：仰视那些比自己优秀的人，轻视那些看上去不太出众的人。在这类女生眼里，很少出现有和自己地位平等的人。她们往往对主动接近自己的男生，反应比较冷淡，觉得"你主动接近我了，说明是你想讨好我"；而面对自己欣赏的男生，又会显得极为自卑，并且骨子里觉得自己比不上他。

最终导致的结果就是，她们很难和男生成为朋友。别认为"哎呀，朋友不做就不做嘛，可以在一起就行了"。真正健康持久的恋情，都是以友情为基础的，因为友情往往代表了平等。如果一对恋人之间没有友情做基础，就只有征服时的快感与被征服时愤懑，缺少了平等的尊重，那么他们将很难长久在一起。

而实际上，正是因为她们不知道如何与异性做正常的朋友，因此当她们面对自己喜欢的男生，就跳过了朋友间互相了解的环节。因为当你总是仰视一个人，看到的只有那些外在的光环。对这个人的性格、人品，只流于表面的认识。所以无论你怎么崇拜他们，哪怕一天 24 小时关注他的动向，你也很难深度去了解一个人。

曾经有一个女生找我咨询，说她现在迷上了一个男生，想找我参谋，我让她描述一下他们之间的事。结果女生洋洋洒洒发了快两千字给我，通篇都是讲这个男生多么优秀，做过哪些光辉事迹。

然后我问她：你有没有近距离地去接触这个人呢？了解这个人的

性格吗？他有哪些软肋，他对于爱情的诉求点在哪？

她说她看不出来，甚至，连怎么跟男生说话都成了伤脑筋的问题。我跟她说，你平时和男性朋友怎么聊天，就和他怎么聊天。她告诉我说，她身边很少有男性朋友，一般都爱理不理的。

其实她就是一个典型的案例。

想解决这个问题，就是放下这些互相之间势利的比较，试着学会和异性真正做交心的朋友。

所以我在这里说一下我的观点：她之所以一直找不到合适的人，不是因为她不够好，而是她不知道怎样去和男生做朋友，更不知道怎样去真正了解这个人。

而造成这种现象的根本原因在于：她们已经不是在寻找一个适合自己的恋人，而在希望通过恋爱来获得自信和认同。

一旦你把自我荣辱观过多地加入到感情问题中，那么你离寻找你的真爱就越远。人都有七情六欲，我们除了渴望爱情，也会希望证明自己。

但并不是你争了输赢就会赢得爱情；而是当你能够放下输赢，才能真正和你的恋人平等相处。**真正爱你的人，不是因为你最优秀而选择你，而是因为你最合适，所以选择你。**

●●●

打败异地恋的，从来不是异地本身 ●●●

在我所认识的同龄人里，有许多朋友是明确拒绝异地恋的，哪怕两个人一开始真的"很有感觉"。可以想象到，一个看得见摸得着的恋人，对于我们的安全感的影响不是一点半点。

但是见不到面还未必是最挑战的，根据我咨询过的案例来看，很多情侣能够克服远距离的情感维系，但是最大的挑战在于：到了最后，如何顺利地结束异地。

这里要讲的故事主人公是一对坚持了两年异国恋的情侣。男生比女生大了四岁，在国外留学的最后一年里，他们认识了对方。有过一段三个月的热恋期，但之后两个人就开始了长达一年多的异国恋。因此，尽管两个人的恋情已经持续了两年，但并没有长时间在一个城市生活过，平均一两个月才能见一次。

虽然客观条件很有限，但两个人的感情一直非常好，几乎没有吵过架。临近毕业，两个人为了可以和对方有更多的时间相处，都选择了改变自己原本的计划，在同一个城市一起读书工作了一段时间，但之后不得不回到各自城市。

正是这样一对情侣，最终还是因为异地的问题引发了矛盾。他们谁也不想离开自己的城市生活，都希望以后对方来自己的城市发展。

男生在自己的城市有家族的产业需要继承，还需要承担起照顾身体不健全的妹妹的重任。不过女生家经济条件也不错，而且女生的父母也希望自己的孩子可以留在家里，可以有更好的生活质量。因此，女生作为中间人，夹在父母与男朋友之间非常为难。她困惑地问我：我到底该不该放弃？

异地恋如此现实，看起来是一个"不可抗力因素"。但实际上，他们的核心问题并不在于异地。

我让她先不急于做决定，也不逼迫对方做选择，倒不如一起生活，相处一段时间，看看有什么样的感受。在相处的过程中，女生可以耐心去考察两个问题："他和我适合结婚吗？以及他能不能和我谋划一个未来，扫清我对于未来的顾虑？"

其实每个女生都很希望男生可以主动规划两个人的未来，想知道男生有没有把和自己的未来提上他的人生议程。尽管男生的现实家庭情况是客观因素，但他如何去面对去处理，却能反映他心里的想法。

如果他坚持女生来自己城市发展，那么他是否寻求到了一些安抚和补救的办法，让她接受自己，并解决她的后顾之忧呢？如果这个问题能得到很好的解决，那么二人在哪儿发展也就迎刃而解了。

几个月后，事情没有悲剧收场。相反，如今女生和男生的感情有很大的升温。他们每周都保持见面，双方也更加有信任感。尽管女生还没最终决定去哪个城市，但至少自己的心态比之前好多了。

她并不是完全不能接受异地，她所在乎的，是男方和家人对她的态度。如果他们能像家人一样对待她的话，她也会愿意放弃自己坚持的一些东西。

那么，为什么女生的态度会发生这样的改观呢？

看似异地的问题，根源其实并不在于异地，而在于两个人有没有共同谋划过彼此的未来。女生是奔着结婚的目的去恋爱的，懂得区分值得恋爱和值得嫁之间的关系。情感上她并不是很独立，因此非常希望另一半是值得依靠和信赖的。如果她当初认定了男生，就不会为了城市而纠结的。之所以会纠结城市的问题，很大程度上是因停留在精神恋爱，而缺乏共同生活经历。

要将自己的未来托付给男生，女生们心里常常是没底的。异地只是一根导火线，真正原因是下意识的表达对于彼此未来的迷茫感，希望男生来替她们扫清这个感觉。

打败异地恋的，其实从来都不是异地本身。它取决于：你和你的恋人之间，对于未来有没有一个共同的默契。如果你们没有这个默契点，那就需要尽早沟通规划，解决各自的不信任和迷茫感。

●●●

/
PART3
/
不负时光，不负成长

/

肥妹的鸡汤馆
品质保证，
色香汤浓。
致力于提升你的幸福感。
/

世界很忙，而你刚好愿意为我有空 ●●●

其实有时候，你能很清楚地知道，有的再见说出去了，就真的是再见了。大学毕业的散伙饭，这中间的一小部分人，你可能是第一次见到，也是最后一次。曾经共事过整整两年的同事，尝过对方饭碗里的美味，看过对方小孩子的照片，一起在加班时分享最后一块饼干，开会时对着对方打哈欠和微笑，可离职之后，你们就再也没见过面。

旅途中碰上的投缘旅伴，一起爬过山，拍过照片，甚至通宵谈天互诉衷肠，彼此分享秘密，然而也许再也不会见面了。公车上有着和蔼笑容的老人，地铁里好看的姑娘，分你一块糖果的陌生小孩，他们都转瞬即逝。

"我有他们的联系方式，我们还会再见面的。"我们总是这么对自己说。

但翻看微信通讯录，"点着赞、评论过"——有着不少互动的那些人，其实很久都没有再见过面了。

"有时间出来聚聚啊。"评论里，我们都喜欢对别人这么说。

也许有那么一瞬间，我们都当真了。

今天有老友的聚会，算了，还是把班加完吧；这周他们叫我去打球，算了，不想弄得那么累；他提前一个月约我周末去旅游，算了，一个月之后的事谁说得准……原以为全世界都是周一到周五上班或上学，周六日休息，所以我们理所应当地认为身边的人与我们总有很大一段重叠的时光才对。

然而不是这样的。

还是学生时，世界很简单，身边不外乎是同学和父母。但毕业后，还有能留在你身边的人，有能时常见面的人，已属不易。这时的相处，没有了必须见面的契机，剩下的是两个人之间需要付出努力的共同维系。**我愿意约你，你愿意出来，我有时间，你也刚好有时间。**缺失了其中任何一环，都进行不下去。

其实我们心里都明白，在每一次的拒绝里，有"真忙"，也有"不愿意为你空闲"罢了。我们花费那么大的力气去发展工业、建造机器从而解放自己，但这么多年过去了，机器承担了许多工作的同时，我们也越来越忙碌。

我在深圳，这里的人骄傲地称赞这是一座"速度之城"。大片大片的写字楼里，人们窝在自己一平方米的格子间中，"低着头、弓着背"，一点点地推进着这个城市的进程。这似乎是一件神圣又伟大的事情，可反过来想，我们也多了许多麻痹自己、使自己蜷缩在小世界里的借口。

认识的人越来越多，贴心的朋友却在减少。许多美妙的关系，在每一次的选择里渐渐流失。你啊，请不要做一头扎进事情里的猛兽，**冷酷残忍得令人害怕。**在我们低头错过的美好事物里，大概已经存满了能够用足一生的勇气。

　　希望你，愿意在这不可逆转的时代洪流里，为我留出一点时间。

　　世界很忙，谢谢你刚好愿意为我有空。

●●●

可我却想看你们多发发朋友圈 ●●●

大学毕业后，我发现了一件很恐怖的事情。

如果一个人没有加你微信，那么这个人可能会从此在你的生活中消失。前几天收拾东西，找出一个大学时学生会同部门的朋友送我的生日礼物。仔细想想，我已经快两年没有听过她的名字了。

尽管当初我们还一起通宵做场设，在不少重大的活动上彼此协助和鼓励，但如今我彻底失去了她的消息。

还记得以前，每次我在微博上看到她喜欢的明星的动态，都会@她，然后笑她是个"春心萌动的老少女"。转入微信时代时，我们恰好都没有加对方，毕业后，线下也再无交集。

抱着一丝希望，我登上微博去找寻她的消息，却发现她最新的一条微博还停留在 2014 年。大概是和我一样，都停用微博了吧。

然后很快地，我便自然地把这个事忘在一边了。

（一）我们为什么要看朋友圈

我们这一代人，从人人网跳到微博，再进入微信，曾经建立起来的友谊，像是搬家一样，或多或少都会随着社交工具的转变而遗失掉一部分。没加微博的人，没加微信的人，很快就会成为与你生活没有交集的人。

然而大部分的友谊只是需要一些契机和主动罢了。维系那些曾经与我有过共同经历的人，与日后去结识的新朋友，前者我付出的更多。

朋友圈对我来说，便是和那些我喜欢的人分享自己的生活，同时了解他们生活的地方。

毕业之后工作和加班占据了大部分时间，每个休息日的时间变得异常珍贵。所以在社交活动上，也只好选择一些，放弃另一些。与自己感情好的朋友，总是会自然见得多一些。

从象牙塔里出来，这一年半里，进入了崭新的工作圈子，我的新朋友却没有怎么增加，反而还是不断和一些旧友又熟络起来。熟络起来的方式很有意思，基本上都是通过朋友圈——这个曾筛掉不少朋友的社交工具。

从点赞之交升级为现实中的好友，需要具备的，是共同的兴趣爱好、有趣的性格魅力。闲时刷刷朋友圈，发现共同的兴趣爱好而兴高采烈地聊起来，或是有热心的朋友把当初一起玩的朋友建了个群，将之前未尽的友谊又进了一步。

（二）关键是你的朋友圈，在真心交朋友吗

这半年来，网上开始出现各种反朋友圈的言论。有的做了停用朋友圈的实验，还有的人劝说别人少发朋友圈。我们尺度自己，也在之前分享过一些其他公众号对朋友圈的观点文章。

"好像远离朋友圈，从此就能过上幸福美满的生活一样。可为什么我还是胖到没朋友。"所以啊，对于我这样渴望友情的人来说，只要我这群有趣的朋友发状态，我甚至希望他们能尽情地刷屏。

一些生活里的小事，由他们的朋友圈展现出来总是特别有趣：就连生病在医院打吊针，也能发几句好玩的自嘲；发图片只发八张，说要逼死处女座；春晚的时候，还要在朋友圈发段子，直播吐槽。

无论是开心还是悲伤，他们都在用心地分享生活，表达自己。这样的朋友圈我实在舍不得不看。

（三）其实，我还是想你们多发发朋友圈

大一的时候，听了一个厉害的师姐讲演，回去在人人搜她的名字加为了好友。大三的时候暗恋其他院系的一个男生，谢天谢地当时有微博，让我得以悄悄看他的最新状态，觉得好像和对方更近了一些。

人人和微博渐渐从我们这一代人身边遗失，我便再也没办法轻易地找到某个人。如今微信朋友圈也有渐渐消沉的态势。不少人，虽然加了他们的微信好友，但他们不发朋友圈，全然没有消息。不过啊，发与不发，都是每个人的习惯而已。但如果可以的话，希望我珍惜的这些朋友，能够多发朋友圈。

因为我想知道我在乎的人的生活，想知道他们的快乐和烦恼，想参与其中。所有真诚地愿意分享生活的人，都值得被珍惜。褪去虚荣、欲望和发泄，总有那么些人在认真地和你分享生活。

珍惜他们，成为他们。

我始终相信：充当友谊的纽带，才是朋友圈最初的模样。

●●●

发现自己没有想象中厉害怎么办 ●●●

有段时间，我发现自己一个字都写不出来了。靠写推送活的人写不出文章，就像被废掉了手脚一样。

那时，我刚刚升了工作岗位，可事情却越做越糟，我发现我并没有如想象中的能 Handle（把握）好工作。选题会讨论选题，我觉得什么都不想写。翻回自己过去的文章看，一篇也看不下去，反而产生一种深深的自我厌弃。

好像，当你为一件事沮丧的时候，这种沮丧的力量会慢慢波及，甚至你会想要否定掉此前的人生。当时我很害怕被人发现"我不行"，担心自己此前建立的形象会崩塌，不管这是否是真的。

与此同时，我的身体开始出现一些问题，头痛、头晕、拉肚子，一些细小的不舒服都被我放大，好让我能够看起来是因为身体不舒服，才没有把事情做好，而不是因为我能力不足。

生活中最残酷的事情之一，就是发现自己没有想象中的厉害。

当初的那些骄傲啊，自豪啊，原来全都是自作多情。这一瞬间，晴天霹雳，身子一软瘫在床上，觉得从此不被世界爱着了。

摩拳擦掌地想要去改变世界，却发现连自己都改变不了。放眼望去，成千上万，密密麻麻的那些"比自己厉害的人"筑起了一座座望不到边的高山，山上郁郁葱葱，全是我攀不上的大神。

越是没有做好，却越是想要向世界证明我可以。我熬夜写作，加大阅读量，翻来覆去地琢磨思路，可是依然没有得出什么好的结果，心里塞满了一种无法面对他人的担忧。

我想只要我换了一个环境肯定会好起来的，只要一个崭新的、特别的、舒服的环境，我就会重新焕发生机。那时，我执着地把坏状态归因于环境，似乎这样的解释能让我轻松一些。

于是，我尝试去吃平时不舍得吃的大餐，去逛街，去刷淘宝买买买，去跑步，去唱K，就差买张机票说走就走。我从来没有想过，取悦自己变成了一个问题。所有东西都那么无趣，叫人提不起兴趣。因为这些，只是我逃避世界的方式。

那段时期，我沮丧到了极点，不断怀疑自己的能力，却又不愿面对。终于有一次，我连续几天把文章搞砸后，我绝望地躺在床上，心里想，"也许我没有自己想象中那么能干。"那个晚上我望着房间的天花板，一层洁净的白，什么都没有，只有不得不面对的自己。

可这就是真实的我。不是那个不管状态如何都能写出好文章的人，也不是那个对所做的事情有着完善规划并且能很好执行的人。已经一路走到黑，触摸了最不堪的自己，"那就看看，在这种状况下，这样的我，还能有什么建树吧"。

诚实地面对自己后，我不再藏着自己，终于能够正视自己糟糕的工作，并着手解决。"我最近意识到我的写作有些退化了，近来对选题也没有什么思路，我会尽快调整自己"。我死皮赖脸地告诉团队的小伙伴自己的真实情况，这一次，我终于不在乎大家怎么看我。

实际上，大家也并没有什么特别的反应，只当我最近状态不佳，还是一如既往地一起向前努力。以前，我最害怕大家发现"我没那么厉害"，但是这一次，我的心里充满了一种突如其来的大无畏的精神，"反正都这样了，撒开了干吧"。那个时刻，我心里感觉到莫名的轻松。

心态扭转了之后，很多事情也发生了不可思议的变化。

身边的事物又重新变得有趣可爱起来，我恢复了那种对生活的观察，发现了好多有意思的选题，又能重新开始写东西了。

以往，每次文章不写到最好或者是大体满意的时候，我是不希望给他人看的，因为我害怕别人觉得我写得不好，尽管我知道，卡壳的时候自己转到缝隙里写出来的东西绝对好不到哪儿去。

但是，谁又能永远保持每篇文章阅读量在"10万+"的状态，日更满分的文章呢？曾经以为的能力，不过是建立在"成就"上的虚幻假象，是自己内心里想要达成的模样。这个模样，和现实的自己，以及别人眼中的你并不一样。

坦诚地面对真实的自己，不是以自己的无能作为借口去放弃，而是在直面自己的不足后，脚踏实地去攻克现实。

就像这一次，我想把我所经历的这个事情写下来，不再害怕被别人看穿，就是想告诉你，也想提醒自己：

能坦诚地面对真实的自己，就没有所谓的有没有想象中的厉害了。

听说每十个年轻人里，就有九个想过辞职 ●●●

年末的时候约朋友出来吃饭，不约而同地喜欢谈起一个话题："等明年开春，辞吗？"辞职这样一个词语，放到父辈身上是一个非常重大的决定。在一个单位里，勤勤恳恳干到老，成了他们的使命。但放在我们身上，辞职这个词却显得轻了许多。动荡的年末里，大家或许都在思索着什么。

（一）一年里离职了三次的A：大学四年没想清楚的事，四年后能想清楚吗

A是我的大学舍友，高考时和我一样胡乱选了专业，结果学了之后发现全然没有兴趣，于是我们开始结伴翘课。

每当我和她尝试逼迫自己喜欢上自己的专业却又无果时，我们开始用一些倒人胃口的话自我安慰："世界上没有多少人能做自己喜欢的工作，学习的科目也是一样，不要奢望这种事情。"

后来A向我总结，"其实我们就是懒于改变"。

于是到了大学第三年，疯玩了三年的A听从父母的建议，仓促决定考研，我则开始找起了工作。后来伴随着考研失败，A在大四末开始紧张地投起了简历。到现在毕业一年多，她辗转换了三家公司，都是不同的行业。

"我觉得你蛮厉害，竟然可以跨三个行业。"我打趣她。

"可我还是不知道我喜欢什么，但我也不想浪费时间了，趁现在还有那么一两年可以让我去试错。"饭桌上 A 向我阐述她后面的想法，这一瞬间她似乎非常坚定。

"也许我们当初真的应该换个专业，大学里不去旁听真是浪费。"我和 A 总结着过去，空气中弥漫着惆怅。

"不过……大学四年没清楚的事，四年后能想清楚吗？"昏暗的灯光里，我看不清 A 的表情。但我相信，即便这个问题现在没有答案，它也一定会在未来自己消失。

（二）偷偷递交了辞呈的 B：坑爹的地方，就留给坑爹的人吧

B 是我在社团里认识的一个女生，最后做到了我们社团的副会长，能力超群，风头甚至盖过了正会长。人见人爱，甚至需要找老师的事情，只要符合情理，她都能搞定。

毕业之际她受老师推荐去了一个单位，乍一听也是顺风顺水。有一次约她见面，发现几个月未见的她，身上竟然表露出一个中年妇女的疲倦。加班，新陈代谢紊乱，满脸痘疯长；不打扮，没心情、没精力；黑眼圈、掉头发，基本没有睡好过。她嘴里嚼着一块鸡肉说："我已经提交辞呈了，一天也不留。"

整整一顿饭，B 都在向我吐槽她那糟糕的上司、乱套的制度，还有各种暗自勾结的黑心事。"我才不相信每个公司都是这样，每个毕业生都要经历这样的鬼活儿。"B 谈起公司，满满的怨气。

"世界上有糟糕的公司，也有好的公司。有能力的人就跳，没能力的人就待着学东西。"B的想法很明确，凭自己的积累，完全可以找到更好的工作。

"坑爹的地方留给坑爹的人吧。我不奉陪了。"B扬起了笑脸。

（三）世上哪有那么好的运气，你一碰就能刚好碰到你喜欢的

每次见到师妹C，都觉得自己不应该被叫师姐。

毕业后的我开始朝九晚五的生活。在不知道自己每天忙些什么、不知道自己将来该如何规划的时候，师妹C已经开始披荆斩棘地挥洒自己的人生，想好自己的人生规划了。

她从高二就确定了自己要学的专业是传媒。从大一入学在同龄人还在享受突如其来的自由、通宵玩乐的时候，她就开始寻找各种实习机会，把一切有关传媒的工作几乎都尝试了一遍。不过令她失望的是，这些都不是她想要的。

但没关系，这时的她才大二，又这么努力，于是她开始往边上转，开始学习做产品，发现了自己的兴趣所在。现在大三的她，在剩下两年的时间里，可以优哉地朝着她感兴趣的方向学习，然后在毕业的时候完爆所有毕业生。

刚上大一的表妹问我怎么做职业规划，我二话不说把C的微信推给了她。后来，表妹截图给我看，C说了这么一段令我印象深刻的话：

"职业规划啊，就是把自己稍有兴趣的赶紧试一试。以前我以为

自己会做一辈子传媒，但那只是一个什么也没有经历过的小女孩的臆想，我只接触过它，就以为认定是它了。但当我尝试得足够多，我才真正确定自己的兴趣所在。"

　　"毕竟不是谁都那么好运，随便一碰，就能刚好碰到那个你愿意付出半辈子的事。"

●●●

莫名其妙地，你就成了一个寂寞的成年人 ●●●

毕业这两年，感受到了不少以前从来不会有的想法。比如，成年人是寂寞的；友谊是脆弱的；被关系所包围的安全感也是会消失的。

以前，所有的人际关系都能轻而易举地维护，大家在学校里每天相见，只要你行为正常，遵守规矩，总能有一群朋友。置身于群体之中，但凡需要支持或意见，只要开口就能得到。

这个时候，想要"被理解"一点儿也不奢侈。朋友够多，有足够的时间聊天，社交网络也够热闹，不缺聆听的对象。然而大学毕业的后面，总要跟着"各奔东西"四个字。

很多老朋友渐渐没了联系，新认识的人总像是匆匆一瞥。到头来，玩得最好的还是那几个朋友，所有的关系急剧缩小，变成了仅剩的几个。都还没有弄清是怎么回事儿，你就变成了一个寂寞的成年人。

最怕的事情恐怕是，身边最亲近的，亲近到觉得永远不会失去的朋友，有一天你突然发现，自己不如以前那样对他（她）的事情了如指掌了。

那些谈恋爱之后的朋友，就像人间蒸发了一样，朋友圈也只留下一些秀恩爱的消息。在日剧《倒数第二次恋爱》的第一集里，女主和两个闺蜜约好一起搬到某地同住。酒桌上，她们喝得正欢，一起拍手叫着好好好。过了几天，女主找好了房子，却听见她们分别抱歉地拒绝:"最近认识了一个男的""可能要和男朋友同居了"。想想也好笑,身边的朋友脱单一个就好像少了一个。

很多人说,朋友是因为"气味相投""磁场相近"而聚到一起,心意相通的人不需要多费力气,就能保持很好的关系。然而,其实我们大部分人,比我们想象的还不会表达自己的感情。

心里面想了千百回的人,一次也没有约出来过。

我们在大部分时候,脑子里总能想起某些人、某些事,然后回忆完,便继续做着手头上的事情。**谁也不知道我曾惦记过谁,就好像我在和我的朋友们谈一场柏拉图式的恋爱。**我们或许善于捕捉工作上的机会,懂得在项目出现纰漏的时候赶紧填上,可却总不那么懂得抓住关系的机会。

到最后,心里面惦记好久的老同学、老朋友,都变成了"我就想念,我就不行动"的自我排解,把想念都装到心里,无人知晓。关系不维护就会变差;心里想的人不去见,就依旧被挠得难受。

再懒下去,寂寞的成年人就会变得更加寂寞。

工作需要勤奋,维系关系也是。毕业后我埋头工作,业余时间做尺度,生活被填得很满。后来才发现,我和许多朋友渐行渐远了。那时只顾着拒绝别人,说着抱歉,下周一定约。

那时的我,不可能感受到这些来自旧朋友的主动邀约,在毕业后有多可贵。后来,我总是心安理得地等待着大家的邀约,计划着自己的事情,总觉得要先忙完手上的一切,至于见朋友什么的,可以放放再说。即便是偶尔空闲，也把时间拿来看剧睡觉虚度掉了。就这样一个人懒在床上。

于是在某个周末，我突然发现，好像很久都没有人约我了。在拒绝掉很多邀约，专心致志地在每个周末忙着自己的事情之后，我的朋友都跑掉了。再情投意合的朋友也会疏远。**脆弱的不是友谊，但懒惰的却是我们。**

以床为城堡，以手机为自己的精神世界，成年人的生活单调苍白。总是和自己待在一起，没有来自友谊的那种妙不可言的交流，就会变成一个越来越封闭的人，一个对感知世界灵敏度降低的人。

我们都需要一段段关系的羁绊，需要来自朋友的理解与支持，需要有人说说话，将眼前的这个世界铸就得更真实。

所以，我的计划是：宝贵的周末，一天留给家人，一天留给朋友。若平日的晚上再有时间，一定要和那些珍惜的人见上一面。

●●●

后来，我们都默契地藏起了负能量 ●●●

每当有人问起我"最近怎么样"的时候，我都会习惯性地回答，"挺好的，在忙 XX"。到底是不是真的"挺好的"呢，其实也不一定。人生总会经历一些大大小小的事，只要不是什么大事，也没什么"不好的"。

于是在大部分的交谈里，大家都活得"挺好的"。

可实际上，我们照样会气馁、伤感和负能量爆棚。比如，前段时间我被一个好友无缘无故拉黑了。"XX 开启了朋友验证，你还不是他（她）朋友"。发出消息后，我惊愕地收到这样的回复。多年好友一声招呼不打便把我拉黑，这事儿对我来说，难受的程度就好像明明在恋爱中却突然被甩一样。

随后多方打探，却始终不知道自己被拉黑的原因，那段日子里，我经常发呆。我变得总会去不自觉地想这件事的原委，睡不着的时候也想，有时连做梦都会梦到。这件事就好像成了一个一直纠缠自己的噩梦，甩也甩不掉。

面对难过的情绪，人总有不同的解决方式。有的人会选择向朋友吐槽，事情讲完了，心情也就好起来了；有的人会选择自己消化，自己解决。这一次，我选择了自己消化掉。

但实际上，我在这件事情上好起来的过程并不顺利。忙起来的时候不记得了,闲下来发呆的时候,我又会不自觉地想起。直到几个月后,事情水落石出,我才发现,这竟是一个十足的误会。误会说清,这才真正放下了这件事。

后来,我终于可以打趣地和朋友说起这件事,没想到她们惊讶地问:"你怎么没有告诉我?"

是啊,我为什么没有找她们聊,说出来不是会开心很多吗?回想起来,我已经好长一段时间,不会去主动找朋友倾诉自己的烦恼了。不知道从什么时候开始,我也过上了"每天习惯微笑,把叹气留到无人时"的生活。不过,好像现在大家都这样,就像约好了似的,对自己的难过缄口不言,默契地藏起了负能量。

曾经拽着我聊到深夜的人,在我面前一边吃饭一边哭泣的人,不知从何时都开始处理起自己的事,再没有人来向我倾诉什么烦恼了。

我没有求助于他人。好像也没有人需要我。

那天在尺度的群里问大家怎么消化烦恼。我说我会大吃一顿,番薯君说哭一场,马尔代夫说自己消化掉。

鹅鹅最后总结说:"我们都成了一个孤独又冷漠的大人。"

这个大人,他渐渐对周遭事物习以为常,默默消耗掉对生活的热忱,娴熟地应对种种状况,习惯去自己解决问题。他再也不会疯狂地拉上一群人去压马路、买醉、然后任性地睡到昏天地暗;再也不会"一个不开心",就能和友人电话打到通宵。大人应该理智和成熟,处理好自己的事情,打理好自己的情绪,不能耍小性子,不能任性。

后来，一天夜里，我收到一条白小姐的微信。她说："突然好难过，什么都不想做，你有没有经历过这样的低潮。"收到这样一条信息的我，因为"被需要"而突然感到开心。

那天夜里，我们一直在微信里聊，说最近的烦恼，彼此鼓励、安慰。还是这样的感觉好，就算是那种不知如何言语的难过，也因为陪伴而变得可以度过了。有段时间，我认为自己的那点破事、那点小情绪没有人会在意，即使说出来，事情也不会得到解决。白小姐说，她也这么想，然后自己默默忍受，等待低潮过去。可到后来，她还是忍不住来找我，聊完后，大家都觉得好了很多。

在被迫成长的年纪，我们都默契地收起了自己的负能量，专挑一些好玩的有趣的事情聊。又或者，在受挫时，我们学会去吐槽一些学校、公司里奇葩的人或事，就这样把负面的情绪当作八卦和笑料轻松消化掉了。

其实我们都误解了，怕打搅别人，怕传播负能量。而事实上，我们却需要沟通，打消彼此的负能量，来获取能量。

我们啊，需要这样的互相救助。

有一个天蝎座的妈是种什么体验 ●●●

"我妈是天蝎座。"这句话，大概就是对我妈的最好介绍了。

大家都觉得我是一个激灵的胖子，但在妈面前，我蠢得很，因为她有千万种"骗"我的方法。妈能洞察一切，所以我基本上不敢骗她。我觉得我就算能骗得过上帝，也一定会被我妈抓住。

小时候，"小聪明"搞出的那一套，比如偷看电视后用湿毛巾和风扇给电视降温，我是不搞的。因为我妈根本不给我机会——她会直接把连接有线电视的那条线拔掉锁在柜子里。

所以我从小就养成了和她斗智斗勇的习惯。像是学着电影里的情节，用胶带去粘电脑键盘，以求获得开机密码等，都是基础活。只是很多时候，我妈治我不需要动用任何智和勇。

小时候，我不吃苦瓜，我妈便会把一小撮苦瓜拨到我这一边，用毋庸置疑的语气和我说吃下这些就再也不会生病了；在我胖起来后，她会说吃完瘦一斤。

这种三岁小孩都能听懂的"骗人把戏"，我到二十多岁仍旧老老实实地听。这其中充满了一种"如果你不听你妈的话，你就会遭殃"的不可动摇的信仰，而我是这个教派最虔诚的信徒。于是，即使到了现在，我依旧如十几年前那样，塞满半口苦瓜，再塞半口其他的可口菜肴，盖掉苦味，一同咽下去。

如果你觉得我妈只是在气势上有着特别的优势，那你就大意了。

初中的时候，妈觉得我的刘海太长，可那是一个以非主流为美的时代，长长的刘海是一种酷炫的美，剪个迎向潮流的发型在一个中二少女的心里无比重要。可时代的潮流风轮再怎么旋转，怎么抵得过我妈的一点小伎俩。一天晚上，我正在写着作业，突然听到家里的电话铃声大作。很快地，我妈接起了电话："啊，是 XX 老师，你好你好……"

是班主任的电话！我倒吸一口凉气，立马停下写作业，竖起耳朵全神贯注地听着客厅里的任何动静。

"最近她表现得怎么样呀？哈哈哈，谢谢老师。她的头发？哦，她的刘海的确很长，我也觉得她该剪了。好的，我今晚就带她去剪，谢谢老师关心……"作为一个品学兼优的听话学生，班主任"告状告到父母这里"的事，简直是奇耻大辱。我妈放下电话，微笑地走到我房间说："你听到了吧？老师说你刘海太长了，我带你去剪。"

第二天，我低着头怕被人发现似的走进了教室，然而上课时，班主任讲了一会儿后突然说："XXX（指向我）的头发剪得不错，很有精神。"对于一个老师的夸奖就能开心一天的我来说，那一天我的心情都十分灿烂。

然而，事情怎么可能这么简单？

七八年后的某一天，已经读大学的我和我妈聊过去的趣事。我妈轻轻一笑，提起了这事。

"我当时就是想让你剪头发，用自己的手机给家里打了一个电话，假装老师打来的。后来怕被你识破，又真的打了个电话给老师，叫她第二天夸你一下。"正在操场上和我妈边聊边散步的我，真想扑通一声跪倒在红色的塑胶跑道上。

"妈你还有多少事瞒着我？你说，我忍着。"

当然，我妈也不总是胜利，在斗智斗勇的这些年，我也有胜利的时候。高中有段时间，我时常过度上网。一天晚上，妈一脸愁容地拿着手机给我看，说是收到短信通知，我们这个片区的网络正在维修，晚上不能上网，如果擅自使用，将会对电脑造成损害。对于一个高中生来说，不能上网，就好像世界末日一样。特别是，这个不能上网的时间点，完全涵盖了我放学回家的那段时间。

"唉，好麻烦啊，我还要上网查找东西呢。"我妈在一旁发出哀怨的声音。那一瞬间，我觉得我妈还是懂我的。

第二天晚上，我实在忍不住了，"就上一小会儿应该没事吧"，我安慰自己，于是偷偷摸摸地开启了电脑。

过了不久，我妈突然冲进来叫我赶紧关电脑，拿出手机给我看刚收到的一条短信："系统检测到您的家里正在上网，请立即关闭！否则对电脑有任何损害，我们概不负责。"

我慌张了，赶紧把电脑关掉，呆坐在电脑前，想着我这个十六岁却没有网可上的人生。

突然，我想起了一个奇妙的细节。短信上面的发信号码，写着10000。"10000？不是电信的号码吗？可我们家用的是联通宽带！"根据这么多年对我妈的了解，我就知道事情不会这么简单，这一定是一场精心策划、蓄谋已久的阴谋。

于是我迅速起来偷偷打开我妈的手机，点开发信人详情，原来——妈把自己的号码名称存为 10000，然后自己给自己发信息，自导自演地策划了这一出戏。我妈发现被识破了，有点丧气又有点高兴地说："不愧遗传了我，这么聪明。"

其实，在意识到我妈为了让我不玩电脑耗费了那么大苦心后，我后来真的很少玩电脑了。**大概，不管你在外面有多大的能耐，最能治你的人，永远是你妈。**她陪同你一起成长，了解你所有的死穴，知道你的优秀，同时也知道你在她那儿只是一个小屁孩儿。

如果可以，我希望，我妈能治我一辈子。

●●●

我妈那么努力，可我还是越来越胖 ●●●

这个世界对待胖子的方式，总是日新月异，这样会吓破胖子的。"我妈是如何对我的"，就是个很好的例子。对，接下来我就要讲讲我妈是怎样欺负胖胖的小同志——我的。

（一）我妈说我人胖，每晚只能吃五成饱

妈妈的准则是这样的：

饭只能舀三分之一；

肉只能吃几块；

吃青菜，吃青菜，吃青菜。

当然我也拥有胖的智慧。

舀饭是最关键的，得在我妈刚开启电视，正找寻合适的节目的空档去舀饭。这样我就能最大限度地争取时间，以迅雷不及掩耳之势尽量装多一些饭，然后用勺子拼命地把饭往一个方向压，使得另一边看起来好像饭很少。

然后，要闲庭信步，摆出一副忠厚老实一心想瘦的表情坐回位置，同时最关键的是，要让妈看到饭很少的那一边。

她总会非常机警地看一眼我的碗，我会有一秒钟的停顿，观察她的神色，如果她把视线移开并开始吃饭，这就说明我安全了。

当然，只是暂时的安全。

对于胖胖的小同志来说，一旦露出马脚，吃饭就是一场血雨腥风的战争。

（二）我妈说我人胖，要多吃蔬菜

我妈大概拥有"一双眼睛能同时看不同地方"的本领。她一边看她的电视剧，一边可以记下我吃了多少块排骨。

不过更多时候我觉得是自己的问题：大概在每一次夹肉的时候，我都因过于兴奋而颤抖却不自知，所以才会被我妈察觉。要不然就是，我妈太厉害了。

她看起来常常会做出一些自相矛盾的事，一边喊道："别吃太饱！吃五成！看看你有多胖！"随即又指着一盆青菜对我说："吃完。"

她的话语简洁明了，铿锵有力，不给对方任何反驳的机会，我想起了朱炫大师兄写的张素娥。

"妈，我吃饱了……"

"吃饱了也得吃完这盘青菜！"

"你不是说要吃五成饱吗……"

然后她会转过去看电视，我默默埋头吃青菜。

我想，我从一开始就输了。

（三）我妈说我人胖，应该多吃水果

第一天："你今天吃水果了吗?"

"没有……"

"你那么胖为什么不吃水果!"（此处省略一万字）

第二天："你今天吃水果了吗?"

"我今天吃了香蕉。"我表现出一副得意等夸奖的脸。

"你竟然没吃柚子? 你那么胖，你才吃一种水果!"

第三天："你今天吃水果了吗?"

"吃了! 我吃了桃子还有苹果!"我又表现出一副得意等夸奖的脸。

"你那么胖吃什么桃子? 多吃苹果!"

我总觉得，活在这世界上，好艰难。

（四）我妈说，你那么胖离我远点，别被同事发现了

我家不幸住在一个学校旁边，于是我妈不时会拉我去跑步。我本来想象的是一个母女其乐融融携手奔跑的场景，然而其实是这样的。

"你离我远点，我刚才看到我同事了，别让他们知道我女儿原来那么胖。"

"哦……"

"你跑后面干什么，到我前面来，别让我超过你，要是让我超过你你就完蛋了。"

"我……"

所以，其实是我在找不到借口的情况下，才会出门和我妈一起跑步。

（五）可是我妈所有的同事都知道我很胖

有一回刚好去我妈单位，叔叔阿姨们见到我都惊叹："不会很胖啊！哪里有你（指着我妈）说的那么胖！"

一个姐姐抓着我的手同情地说："你一点都不胖，你妈说得太夸张了。"

我一边觉得这是我人生中最美好的一天，一边又觉得有点怪怪的。后来才知道我妈只要提起我，就会说我很胖，说我胖到好像有 200 斤的那种，导致叔叔阿姨们在脑海里早已描摹好了我的形象，所以见到真人的时候，才会说我瘦。

"妈，我……"

（六）所有的食物都和我没关系

请用"我爸曾经因为"造几个句子。

我爸曾经因为给了我一块巧克力被我妈骂了一个上午。

我爸曾经因为逛街时给我买了一个 M 记甜筒被我妈骂了一个下午。（可我已然是个二十多岁的人了）

我爸曾经因为中秋节给了我一个月饼而被我妈骂了一个晚上。

（对，在我妈的世界里，瘦子才有资格在中秋节吃月饼。

（七）每一次见亲戚聊起我只有一个话题

初中的时候，亲戚说，高中学习压力大就会瘦。

高中的时候，亲戚说，20多岁自然会瘦。

大学毕业的时候，亲戚说，出来工作就会瘦。

然而，亲戚说的话都是骗胖子的。

走亲戚的时候，我一般是坐在一旁尽量不要让人发现我。可惜的是，由于我比较庞大，亲戚们总是喜欢对我说："哇！长那么大个啦！"

而我只有一米六的高度，所以大概他们说的是宽度，嗯……

没什么话聊的时候，我妈便极度积极地在亲戚面前说我胖，亲戚们会纷纷出来帮腔："不胖不胖。"然后，我妈继续数落我胖，亲戚们继续说"不胖不胖"。如此循环往复，"说我胖"是我妈在每个亲戚家都适用的万能话题。

不过很遗憾，我妈那么努力，我还是越来越胖。

但是，一路胖中挣扎，斗智斗勇，却带给了我许多趣味。所以妈妈，加油，真的加油。

● ● ●

我胖故我在 ●●●

其实我也是会胖得不好意思的。每次吃完饭后，还去隔壁店打包一块蛋糕，到街对面买一盒蛋挞这种事，我也觉得自己真是过分。特别是，大夏天有的女生嫌自己腿粗不好意思穿短裤的时候，我就没有穿过长裤。两条粗壮滚圆的腿晃过人群和夏天，站在镜子面前的我也觉得，是不是得遮一遮比较好。不管几点，"想吃马上抓起就吃"的这种习惯，我也是觉得很不好。

只是很快地，"不好意思"像一片风，拂过我胖胖的身体后马上消失不见。

我的朋友们几乎都曾语重心长、痛心疾首地劝诫过我："少吃。"然而我的身体像是被写入了特定程序，在食物面前丧失了所有理智。

减肥了多少次，就失败了多少次。嗯，这就是我。

去年，我花了很多钱办了一张健身卡，还买了十节私教课。陈忠阳给我拍了当时的全身照，我坚定地告诉他："请记得我现在的样子，这是我最胖的时候，我要瘦了。"

那时我恰好在知乎上看到一个问题——减肥成功是什么感觉？我一激动完成了我的知乎首答："今天是 2015 年 6 月 9 日，等我成功了就来修改这一回答。"

我的朋友在下面评论道："你这是要和知乎比谁先死。"

一年后，我增肥 20 斤，体重达到人生巅峰。口号喊得响，果然没用。我曾经抓着我最瘦的好朋友邱嘉怡的手问："你那么轻，走在路上会有飞起来的感觉吗？是不是感觉到脚步轻盈？"

邱嘉怡给了我一个白眼，抽起她瘦瘦的胳膊要拍我。

我继续连问：

"腿和胳膊那么细，是不是穿裤子的时候有一种空空荡荡的快感？"

"台风天，是不是真的觉得随时要上天？"

"看到好看的衣服是不是可以拿起就买单，不用担心能不能穿得下？"

……

"你能想象一个胖子走路的时候，大腿会相互摩擦吗？"

然而更多时候，现实就是体重秤上高居不下的数字，穿不上的裤子和喜欢的人有了女朋友但不是你。"胖"，从来不是一个和"高兴"捆绑在一起的字眼。

当胖子的这些年里，我经历过不少因为胖而带来的失落和旁人的冷眼，因为许多人的判断就是"你没有自控力，所以你胖"；还有经典的那句"无法控制自己体重的人，也控制不了自己的人生"。这些话看起来，好像所有胖的人都一团糟，永远没法开心生活似的。

可就算要胖，还是得要胖得兴高采烈的。绝不能因为体重上的这串数字给人生蒙上了灰，也不能叫他人小瞧了你。毕竟，除去胖子这个身份，我们还是一个有血有肉的人呢。

大学的时候我暗恋一个师兄，觉得自己要注意一下外貌了，一个多星期减了五斤。每次见到他，心跳加快得想穿越回"每个大口吞咽的时刻"扇自己。一边自卑，一边怯怯地喜欢他，却没办法交出一个最好的自己去面对喜欢的人。那是青春里最糟糕的事。

在自卑和怀疑自己的双重交替下，即便我在瘦着，我依旧郁郁寡欢。他联系我，我就开心，他不联系，我就胡思乱想。因为觉得自己差劲，我的情绪受他人支配着，一边想要变好，却不是能时时收到正反馈。

才刚刚减了五斤之后，我发现他和一个身材姣好的女生暧昧着。一下子，我的所有意志都崩塌了。胖子最担心的，就是在爱情里输给一个瘦子。我没有像许多书里写的励志故事那样奋起直追"成为一个更好的自己"。现实是，我开始自暴自弃，连续几天的暴饮暴食，体重很快回到了之前。

这事让我明白，无论什么时候，变好只能是为了自己。不是为了瘦下来穿好看的衣服给喜欢的男生看，也不是为了瘦下来向他人证明自己的意志力不差。如今的我，体重攀上了人生的巅峰，但我十分确信，我肯定会瘦下来。我努力在让自己保持一个每天都很开心的状态，因为每当我感到人生特别棒的时候，我就会觉得不能愧对这样的时光，要健康地瘦下来，让自己的身体拥抱每一天。

请你和我一起，兴高采烈地胖着，也别放弃使自己的身体更健康。不管体重秤上的数字有多少，请你每天都热烈地对自己笑。

你看我，就算失败了那么多次，我还依然觉得，自己总有一天会瘦下来美得像文根英（韩国女艺人）。

●●●

/
PART4
/
时间太瘦，指缝太宽

/

小船的编舟记
话语多了，
成了船，
渡了海。
/

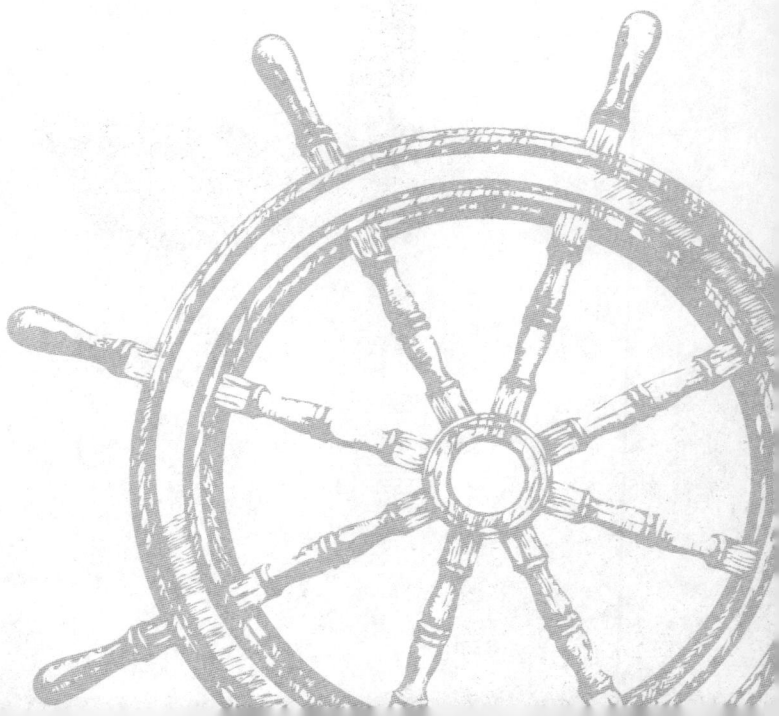

哪一刻，你忽然觉得自己老了 ●●●

前段时间，网上有个问题吸引了我。问题是：哪一刻你忽然觉得自己老了。高票数的答案是这样子：

我老是记不起来十年前是 2005，不是 1995 了；

看电视里的体育比赛解说：这是一位 92 年出生的老将；

90 后不再是遭受攻击的主要对象了，00 后分担了很多责任。

隐约记得其中一个人的回答。意思大概是，你们这群 90 后呀，才 20 多岁正当青春就喊老！ 20 多岁的我们，聚在深大桂庙吃饭时，非常在意的一件事是工作上遇到的那些实习生。

他们会天真无邪地问："叉叉姐，你毕业多久啦？"

我们忍住被叫姐和哥的无奈，告诉他们："毕业两年啦。"

他们会继续天真无邪地感慨："哇，那真的好久了哦！"

我们也很想翻个白眼给他们。

毕业不久我们还常爱混入校园，充当大学生。现在越来越难说服自己，跟真正的学生们毕竟不同了。

记得我妈四十出头的时候，有一天回来，跟我哭天抢地："你知道吗，今天居然有人叫我阿姨！居然叫我阿姨啊！"如今我都不忍心跟她哭回去："你知道吗，你女儿我二十多岁就被叫阿姨啊。"而且，小孩在"阿姨"这个词脱口而出之前，被他妈妈一旁喝止，这时最是心塞。

对于"老了"这种状态，我们常常是在一瞬间发现的。父母两鬓的白发和眼角的皱纹，好像都是忽然长出来的。从十几岁到二十几岁状态的改变，让我们直呼"老了"，也是忽然发现的。

同样才发现的，是感慨父母老了的瞬间，在朋友身上也同样适用。

熟悉的朋友摘下眼镜时，苍白的面容加上眼袋，似乎略显憔悴；许多印象中的男孩女孩不再瘦削了，我们都开始长肚腩肉了，脸也变得圆润了；年少时青涩内向的你，工作之后也会主动开玩笑了。

有个你，聊天内容怎么都无法直达内心了，好像聊来聊去，都只能聊最近买了什么股票，想买什么车，买了哪里的房。我在意的你，变沧桑了，具体哪里变了倒是说不上来，是脸上的胶原蛋白流失了吗？但我真的好心疼。

儿时的偶像都老了，新生代偶像也看不惯。现在95后、00后喜欢和爱玩的东西也不太理解了。以前周围人都把你当成是"孩子"，而现在你要自己把"孩子"的位置让出来，对真正的孩子们说："来坐吧，我都长大啦。"

长大并非不好，成熟并非不好，只是那种惆怅和黯然总得存在的。就像《少年时代》里的那个母亲，在送儿子去上大学时一下子发飙了："你知道我意识到什么吗？我的人生就要像那样去了！这一系列的里程碑：结婚，生子，离婚！那个时候我们以为你有阅读障碍，当时我教你学如何骑自行车！又离婚了！获得我的硕士学位，最终得到了我想要的工作。送萨曼莎去上大学，送你去上大学。你知道接下来是什么吗？是我该死的葬礼！"

其实那个妈妈已经做得足够好了，但她还是说了一句："我只是以为会有更多。"

自己的日子过得没有了长短的概念，有时候上了一天的班，觉得一秒似的短暂。抬头看一会下班时的月亮和星，却觉得过了好久。时间总是溜走得太不经意，以至于要提醒自己"七月你好""八月你好"。

我问自己，比起大学时一个月紧巴巴几百块生活费的日子，这样的自食其力不好吗？比起以前要熬20多小时的硬座，现在只需抱怨下飞机延迟起飞不好吗？想责任比想自由更多一些，这样不好吗？

我只是，以为会有更多啊。

不避讳说自己是一个喜欢活在过去的人，是在离开高中来到大学时，才真正意识到中学那段时光有多重要。也是在离开大学工作以后，明白对那里的爱有多深。

过了18岁，跟青涩告别了。25岁要来，正应了电视剧里所说的"初老"。奔三的时候，那就是而立之年。那些忽然觉得自己老了的瞬间，大概还要经历许多次。对时间，我们感到无力是寻常事。只是我总得，总要找出点自己的办法享受这个变老的过程。

听一首年少时的歌——周杰伦的《半岛铁盒》，大概这是他的作品里我最喜欢的一首了。那句"我永远，都想不到陪我看这书的你会要走"，会让我想起校服、教室、操场的微风和图书馆的纸张。

酒和空调，哪个是更伟大的发明 ●●●

有一晚，看到多年不见的高中女性好友在朋友圈中提出问题如下：

"哪个是更伟大的发明，酒还是空调？"

我在下面很认真地回复："太难选。"

她说："只有你懂我！别人都很快给出答案！"

我回她："大家选哪个多？"

她回："酒！"

我说："看来大家都上了一定年纪！"

关于酒的故事，实在有很多。

（一）第一次喝到断片，找到人生放松的时候

第一次喝到断片，并不好受。我非常迅速急切地喝了洋酒，随后跟朋友到超市里又买了一瓶，回到 K 房继续喝。没过多久，就看着屏幕里的 MV 昏睡过去了。等再醒来的时候，已经是快凌晨 2 点，K 房都要打烊了。

我一醒过来就开始吐，喝到吐感觉自然是"要命啊"。吐完几乎是被朋友拖着回到家的——半弯着腰，走几步停一下，摸爬滚打回到自己的床上。

第二天清晨 7 点醒来，胃里空空荡荡的，着实被洗过一遍一样。我看着蚊帐外面的蒙蒙亮，感慨：到此为止了。那时正值毕业季，每

个人都在抒情，自从那次断片以后，内心就彻底让恋恋不舍的自己滚蛋了。

日常当中，神经不自觉的紧绷已经是常态了，在喝着喝着酒的某一瞬，才忽然觉得：啊，放松下来了。有句话说："满身是血的人，为了活过今天而来喝酒。"所以，酒，有时候还是在失眠、焦虑、困惑、无所释放的压力之后，成了退无可退的依靠。

（二）听说你也有一个喝啤酒的家人

发现家里人爱喝酒，第一反应总归不是很好。

阿姨属于家里的酒鬼，是那种到了饭桌上，男人们都敬她三分，对我说："你这个阿姨啊，我们喝不过。"

她喝醉了就找我耍耍酒疯，把我从床上捣到床下，气得我半夜给妈妈打电话："喂，管管你妹妹！酒都喝成什么样了！"

一开始，难免有一些想法：干吗这么爱一下班就聚一帮朋友喝酒？一喝就要喝这么多？天天这么晚回家，外公外婆自己在家，这样真的好吗？就像很多人一看到旁人抽烟和喝酒，就会本能地皱眉头。

后来，看到她有一帮哥们儿般的朋友都听她的指挥和安排；看她时不时带一条太湖里的大鱼或者一箱阳桃回家，说是朋友送的；家里人有什么事儿要拜托人她总是几分钟内就安排好。渐渐地，我理解原来阿姨不是外公外婆的女儿，她更像一个儿子。

有些世事和心情，她用酒去解决，自己闯荡世界的同时，自然也就有了自己的一套生活方式。

再后来，无意中听我妈跟旁人聊起我："她啊，还是挺好的。以前经常喝酒喝到凌晨三四点回家，第二天还是爬起来去上班了。"

我们这些爱三更半夜喝酒的人，总是闷头在外面喝酒，骗自己家里人不会察觉。其实，不是家人不会察觉，而是他们在皱眉之前，都默契地选择了先试着理解爱喝酒的家人。

（三）人生配酒的话会很好

有一部日漫叫《和歌子酒》，被称为女版的《孤独的美食家》。讲述 26 岁的上班族村崎和歌子，在朝九晚六的生活之外，会找到某个食肆餐馆，自己小酌一杯。

在她的世界里：盐烤鲑鱼，和冰镇酒很搭；炸鸡，配啤酒，一不小心就胖了啊；橙醋腌鮟鱇鱼肝，配热酒，安慰放松，明天再从容开始。

我也找到过一些与酒为伴的空间。家附近有一带隐藏着不少日料店，它们总是木门关紧，外面亮灯。某天起，我开始探索那些日料店——它们需要你鼓起勇气，爬上三楼，对着日文招牌，推开门。

在一次次探索中，无意间撞见一家小酒馆。小酒馆由一位老板娘看守，有一个非常可爱的吧台，有套设施极其古早的点歌系统。它把门牌藏在一个极不显眼的地方，门口也一副终年打烊的模样。

一些日本人会作为常客过来喝一杯，当他们喝得尽兴了，便会抱着麦克风唱起歌来。而我也误打误撞地变成了这家店的常客，在那个空间里，除了饮客，没有其他的身份。

我为能找到这样一个地方感到庆幸。一人食，一人生活，配上酒更好。两个人的时候，少说话，干杯好像也不错。

至今为止，非常感谢有酒参与的人生。

没有酒，没法雨后摇摇晃晃走在街道上，看路灯把路照得明晃晃；没有酒，就没法看着长辈像朋友一样："轻轻晃一晃，让它挂杯"；没有酒，就没法三更半夜看到谁坐在公交座椅上，说："也就你这样的朋友在这里。"

想想那都是些"七倒八歪"的时候了，却不知为什么，当时的颜色氛围，空气湿度，环境声响，还有那些人的模样，都生动地记挂在脑海里。

●●●

当你失眠的时候，适合做什么 ●●●

作为资深级熬夜党加失眠俱乐部的一员，我觉得是时候分享一些失眠后适宜做的事与你共鸣了。

（一）看香港老电影

对我来说，失眠最适宜做的事之一是看香港老电影，怀旧。

1990 年版的《笑傲江湖》，有许冠杰、叶童和张学友。有胶片感，色调浓稠，写意江湖，一片水彩般的红红蓝蓝，两三匹马，沧海一声笑。深夜看得人想来一碗酒。

1999 年的《暗战》，那时候的刘青云和刘德华帅得让你不知所措，蒙嘉慧长直的头发美得叫人难忘。杜琪峰太知道怎么拍香港了，镜头转向香港的大厦、茶餐厅、巴士、街道马路广告牌，直到路边的菠萝油包。

2000 年的《朱丽叶与梁山伯》，是那时候港片常有的样子，壳子是打打杀杀，但内里藏着一个童话般美好的爱情。十几年前的吴君如，你看不到她身上喜剧的影子，只觉得她有一种内敛的美。十几年前的吴镇宇，他有孩子的表情和眼神，一举一动，感觉赤忱。

（二）写东西和阅读

还有一个适宜深夜做的事，就是写东西。

白天，你可以理直气壮地去聊骚另一个人。夜里，你即便看到他发了一条朋友圈，还不睡，也会有意识地不打搅对方。因此，黑夜里我常常敲键盘，这个时候的专注力是最高的。如果这世上还有一些事，我们非常愿意尽情独享那种美好，就可以选在晚上。

梁文道的《一千零一夜》是怎么说的呢？

"《尚书》并不遥远，地铁就是《荒原》。只有晚上，只在街头。"

所以他在北京的大街小巷里，在深夜，在人群经过的街道，拥挤的地铁，车辆穿梭的路边读书。

失眠的时候，黑夜就是你的布景，你只需要考虑在这个布景下，适宜做什么。

（三）观察夜幕下的世界和人

如果只活在白天，也许人生并不那么完整。夜晚的世界是怎么样的呢？闭上眼睡着的人，感觉世界也睡着了。

其实不是，深夜 12 点，工人们还在 Shopping mall（百货商场）里进行整修工作；三四点恰恰是修路的建筑工人最繁忙的时刻；凌晨还有在办公室里加班、值夜班的人。

如果你只看到白天人们兢兢业业的样子，看到穿西装打领带，充满朝气的人。那么你也许不会想到，夜里的人，他们在酒吧里放松地坐着，终于可以突破那种"规矩"的自己，来点什么刺激的、喧闹的、不管不顾的事情做，他们在一间间 K 房里发出带着酒味的嘶吼的歌声。

猪杂汤粉店的老板在通宵营业，甚至还要去送上几个外卖。通宵的麦当劳仅会留下两三名员工，座椅上睡着流浪的人。

黑夜里的人比白天更显落拓。世界也是，道路上更容易出现流窜的老鼠，垃圾还在地面上飘散。夜幕下的种种，透露出一种隐秘的真实，一种别样的可爱。

（四）散步、开车，和朋友，或自己

最近开车送一个女性朋友，她谈起自己开车三番四次擦碰，已经不敢再开。她问我："你已经对开车上手了吗？"

我回答："是啊。"

接着，我建议道："你可以考虑在晚上练车。"

一个人在半夜里开着车，在深圳市里兜来兜去，是我练车的经历。那英在唱着"忍不住化身一条固执的鱼，逆着洋流独自游到底"。夜晚的路还是那条路，车和人却都少了，没有后方的鸣笛也就少了许多压力。

还有朋友们，此生庆幸之经历，应是能跟三五好友秉烛长谈至天明，能跟知心好友在夜晚绕着大学走过一圈又一圈。那种畅快感，确定只能在深夜被找到。

最后，向失眠俱乐部的伙伴们问好，但愿你们可以提供一些更好的方法让我们愉快地度尽长夜；向正常睡眠的人类致敬，欢迎你们偶尔来失眠俱乐部玩一玩，来观赏和享受一下夜晚的世界和人生。

●●●

一个女生到底可以喜欢另一个女生到什么程度 ●●●

"一个女生到底可以喜欢另一个女生到什么程度?"

"然而我们能像日升月落恒久不渝吗?"

记得当时的我,站在台南文学馆里,看着描述女孩子之间感情的文字。

两个问题掷地有声。想到了一些女孩向我告别的场景。有的是直接递过来纸条,上面写着大概意思是,不再当朋友了吧;有的是写在本子里,标注好了我们相识相处的日期,嘱咐接下来的日子里好好照顾自己。年少时期的告别,并没有什么特定的理由,又或者也许有,是我无从得知罢了。

记得刚毕业时,住进我家里那个女孩。早上,我叫她起床。

"海燕,11 点了……"

她不说话,继续睡。

"海燕,你这样蒙着头睡不怕闷死啊。"

她不说话,继续睡。

"海燕,起床了! 你这样还想当语文老师?"

"哎哟,等我上班了,就赖不了床了。"她翻了一个身,抱住我,有点撒娇地问:"我昨晚有没有抱着你睡呀?"

我一脸黑线地说:"没有!"

第一次见到她，是在高中举行诗歌朗诵比赛的时候，她束起头发在走廊里来回踱步，口中念念有词地准备着，认真到只有自己的世界。当时我微微好奇，站在离她稍远一点的地方。后来，听到她在台上朗诵歌德的《魔王》，每一句声音都带着画面感，不禁被她身上迸发出来的力量所震撼。

两年后，这个女孩成了我的同桌。六年后，我们从同一所大学毕业。有那么一两次，因为"这样那样"的事情，我们的距离拉远了。我沉默地过着日子。

当身边的人陆续问，"你联络她了吗？"

"不联络吧。"我答复。不知道为什么，总觉得某个时间点，我们会重新有交集。只是下一次有交集的时候，要更懂得如何拿捏距离。

女孩与女孩、姑娘与姑娘之间的关系，比男女关系复杂得多。她们可以从情感到梦想，一切的一切，无话不谈。只是，一段关系里，两人完全的坦诚与暴露，往往意味着危险。

我常站在稍远一点的地方，分辨每个女孩的美好。那个女孩的耳际在阳光下有着金黄色的细绒毛头发；那个女孩可以涂涂画画身边的小事物；那个女孩笑的时候明媚到露出一整排的牙齿；那个女孩常常深夜忧愁但生活得相当用力；那个女孩的相机里有清新舒适的世界；那些都是在生命里路过的女孩。

还有一个女孩，我们相识了近 15 年。她一向有点冷冰冰，不太表露自己的情感。每次她遇到什么事情，受伤了，我几乎都是差不多的状态——坐在她的对面，沉默，不知道该做什么。

最近一次是深更半夜约在酒吧，我坐下后，看她眼眶湿润，总觉得大概发生什么事了吧，也没有直接问。她黑黑长长的头发垂坠在夜晚里，她开始讲发生的故事。我一边听，外面的雨一边哗啦啦地下着。

酒吧的露天顶棚因为积水太多，胀鼓鼓的，服务员不停地来回用棍子把多余的积水引流到地上。"哗——"一声，水流了下来，只是没过多久，又有积水，又是"哗——"一声。

我听她说完事情经过，向她表明："既然对方严重负你，那你好歹也要弄个清楚，不可以不明不白，一声不出。"我把自己的手机递给她，她输了号码，发了一条"我 X 你大爷！"出去。

对方并没有回复，那条短信记录，还静静待在我的手机里。

很多时候，我和她们，在一起的经历不算惊天动地，不过回想起来竟也是暖暖的故事。

一个女生，到底可以喜欢另一个女生到什么程度？也许是下课了相约一起去厕所，也许是一起合照了无数张，也许是相互承诺不离不弃永远相爱，那种承诺，比男女之间的更凶狠一些。

我能想到的喜欢，就是守望相助而已，那是我理解中的最最喜欢的状态了。就像《欲望都市》里的一个情节，Miranda 和 Carrie 那对好朋友，新年前一晚无人相伴，在生活和情感里摸爬滚打，最终在节日忍受孤独，她们一个用睡觉逃避，一个独自看电视。Miranda 后来受不了给 Carrie 打了电话，急切地说："我想和你说说话！"Carrie 听完，穿着睡衣，穿越整个市区，漫天的雪花飘着，*Auld Lang Syne*（《友谊天长地久》，苏格兰民歌）这首歌缓缓地放，她就这样来到了 Miranda 家里，告诉她，"你不是一个人"。

那个情节，美得让人一直难忘。

生命里的女孩，她们来了也好，走了也好，近了也好，远了也好。女孩之间的友谊，回忆起来，但愿都静寂超然到像纽约的那场雪一样。

●●●

有个男孩，每天对你说早安 ● ● ●

（一）

那天下班之前，SEVEN 忽然给我发了一条微信："10 点有时间吗，聊下。"

我回："好啊，电话聊吗？"

他说："微信视频。"

晚上 8 点的时候，他忽然又发了一条微信："现在可以吗？"

我回："现在我在外面，怎么了，你直接说呀。"

他只回了一句"哦"，便再无声响。

等我到家不久，就接到了他的微信视频的邀请。

我看到他戴着耳机，坐在不亮的灯光下，对我说："我在拉萨，在自己的旅馆里，我后面那群朋友，嗯，他们在打麻将！"

（二）

SEVEN 是一个非常神奇的男生。

我们的相遇在内蒙古，靠近中俄边境的一个小镇子的青旅里面。

青旅里面的交流，只是短暂片刻。我们来不及记住对方的姓名、背景，就匆匆分别了。

他给我留下唯一的深刻印象是，在玩飞镖的时候，特别专注。他的眉毛很黑很浓很凛冽，眼神很坚定，好像自带一股正气。

他神奇的地方，在于自从我们分别以后，他每天都会给我发早安。通常都是一条语音。这种事情，如果做个几天，刚分别的时候每天都听一下，觉得有趣。后来，干脆就不听了。

从内蒙古回到深圳以后，我也开始展开工作。有一天在下班公车上，觉得无聊，就点开那个对话框，一条接着一条听下去。

"早——"，很急促的那种。

"早安"，舒适平缓的那种。

"早，要下雨了"，带天气播报的那种。

"早"，很疲惫的那种。

"早"，无聊的那种。

把每天的早安都集合在一起听会非常的奇妙，"一天，再一天"。

事实上，我知道他一直在东奔西跑，大部分时间在西藏和青海徒步什么的，偶尔回趟老家秦皇岛，后来在上海工作了一段时间。

他就这样坚持着，每天给大家发早安，我也就收了两年的早安直到现在。

（三）

视频里的他，看着我说："我还是习惯你短发的样子啦。"

我笑笑，问他："这次回拉萨了，不再离开啦？"

他说："是啊，不走了。应该会在这里过冬。"

我继续问："接下来什么打算啊？"

他说："打点工攒些钱，过了冬，在西安买辆车。开上来，然后继续走遍西藏。"

我赞叹道："不错呀。"

"你呢？在深圳工作，很忙吧？我们这儿，早上 10 点起来算很早啦，通常都睡到一两点。"

"所以我特别羡慕啊！忙啊，这儿的节奏比较快。"

"你怎么吃早餐？"

"公司附近买一点，或者自己带一点，到了办公室,边工作边吃啊。"

"嘿嘿，这样的工作真好，是时代的弄潮儿啊。"

我赶紧澄清——也许我们对彼此的生活都有超出预计的美好设想。

据说今年去西藏的人并不像从前那么多了，他和小伙伴一年前在拉萨开了这间旅馆。跟我微信视频的第二天就是西藏的雪顿节。

他说，雪顿节看过好几次了，这次打算去卖哈达，赚点小钱。他顺手把旁边一条暖黄色的哈达拿了过来，披在脖子上，对我说，看，这条有花纹，进价贵一些。

（四）

SEVEN 本来有一个女朋友在深圳，也在南山区。

当初他坐着火车打算南下找她，结果那列火车恰恰出了问题，他中途下车转站上海。来到上海以后，也就顺理成章找了工作。

不去深圳了，两人也分开了。

这种事，我做不出来，但对于他，好像是很自然的事。

自从第一次在内蒙古相遇分别后，我们约了周末一起在无锡晃荡。

一路上我们聊天。他跟我说拉萨的那种生活："很多人都说到西藏就慢下来了什么的，才不是因为懒啊。这是因为到了上面空气稀薄，氧气有限，只能慢慢来。"他把西藏称为上面，我们所处的沿海城市自然是在下面。我在下面的城市敲键盘到中午，想着这时应该是SEVEN吃完早餐，坐到寺庙前晒着太阳，喝杯茶的时候。

我不知道你会不会碰到这类型的人，他（她）的生活方式，跟大部分人的选择不太一样。其实这并没有什么大不了的，仅仅也就是选择不一样而已。

有的时候，我分辨不出自己跟这些人是浅谈还是深交。他们有着不遵循我们这样"读书——升学——选专业——找工作"的成长模式。他们与我们似乎有不相容的部分，或者待人处事上会有一种未成熟的感觉。如果要准确地界定，我们在某部分真的是深交的朋友。

世界上有不同类型的丰富的生命形态和生活方式，我守着自己的一方土地，能看到他们这样子活，觉得很棒。

● ● ●

▶ 世界很忙，而你刚好愿意为我有空·

住了次深圳青旅，活像个职业交流中心 ●●●

（一）

因为一些缘故，我要搬出家住。离家的第一天，想着干脆住自己城市的青旅好了。出门在外，选择青年旅社。除了资金有限，还有一个很重要的原因是青旅的氛围和特色。氛围上来讲，大家都是 20 多岁的年轻人，住床位的就像大学宿舍，搭起话来比较容易。没事儿地坐在大堂，你一言我一语也能交上朋友，没准还能找到旅行的同伴。特色上来讲，不同旅行目的地的青旅会有其地域和文化风格。

我是个不太习惯社交的人，青旅这种搭话交友的方式并不适合我。有时候甚至同样的价格，可以找到性价比更高的便捷酒店。这一两年出门，依旧选择青旅，很大程度上是在跟自己较劲。

我有点害怕一件事，就是发现自己是个住不了青旅的人了。这一定程度上说明，有些东西可能离我而去。

不过，先讲完这个在深圳青旅的故事。

（二）

深圳的这家青旅，位于白石洲地铁站附近，身处一片住宅区里。

白石洲位于深南大道（主干道）旁，是深圳最大的城中村之一，拥有大规模的农民房。这里有不少福田、南山中心区，以及科技园的年轻白领租住，如今也成了城市旧改计划中的一部分。

我拖着行李，跟老板娘打了两次电话，终于在 X 栋 X 层的一间被改造的民居里，看到前台的摆设。事实上，我有心理准备，之前在南京也住过一家改造在办公楼里的青旅，除了不透气，像住进了船舱，和要克服在办公楼里的洗澡间的心理差异，也没其他的问题。

办理完入住，工作人员，一个来自贵州的小伙子，看上去老实善良的样子。他把我领到了另一栋楼的另一间民宅改建的青旅里。

我看到了老板娘，她是那种典型的"人来熟"。她语速快，噼里啪啦的讲话，占据了每一秒的空隙。她看了我的身份证，发现我就住在深圳，顿时感到了疑惑。正忙着解释，其他小伙伴也陆续地进门了。老板娘像是在跟家里人打招呼："回来啦，今天去面试感觉怎么样啊？你们去逛了哪里啊。"

其中一个男生是设计师，他说自己明天要去上班了。另一个男生是采购员，他也说了自己的上班计划。他们分别介绍了自己的公司是什么行业，自己的薪水，那里的氛围和感受。

"挺好挺好"，老板娘一面说着，一面非常自然地把我拉进这个话题，"你是做什么行业的啊？你的薪水多少？那你们团队有多少人？你的工作对谁负责？上级是？一年的销售额是？"

我心里暗暗感叹她的沟通水平，把问题都一五一十回答了。至此，我发现，原来深圳青旅的特色——活像个职业交流中心！

职业交流中心里的年轻人们，晚上围坐在一起聊天，绕不开的话题是职业规划、房价和终身大事。

"15W 一平的地方，要怎么混啊"，设计师男生说着，拿着手机浏览 APP 里的房价继续道，"有些房子虽然看上去旧，但如果装修得好，也会住得很舒服"。

"我就想靠自己在深圳奋斗出一间房，就算很小。"远从沈阳来的女孩说。

"哎，房子买不起，还能娶到老婆吗？"采购员男生担忧道。

"行行，你们在这努力奋斗，混出样子，将来提携我。"从温州来的女孩笑着说，她最为轻松，是大伙中唯一一个确确实实来深圳旅游的妹子。

我坐在那儿，用手撑着头，听着他们你一言我一语地聊自己在这个城市的打算。

（三）

回到开头那个话题，我说很怕自己住不进青旅这件事。

如果说有理想的状态，那么我的理想状态，当然就是既能住得了五星级酒店，又能住得了招待所。这个理想状态是可以延伸到其他各方面的，再举个例，既能跟极其优秀的人对话，又能跟路边的小贩打成一片。

总的来说，是我希望自己的心理舒适区足够大。毕业两年了，却发现这个心理舒适区不是变大或变小，而是界限越来越明显了。

年纪到了，看任何东西都多了几层意思，就是不能像原来那么没心没肺了，这是我的切身感受。青旅这件事的体会，是不管你当下想要跳出原来的领域，还是扩大那个领域，抑或只是好好地待在那边，舒适区一直都跟随着岁月发生改变。

所以，趁着还是学生的年纪，想过出去走走，就赶紧走走，没心没肺地住青旅吧。有些事一旦后置了，心境就不同了。

● ● ●

小心，别成为好而乏味的女孩 ●●●

具体描述怎样的女孩是"好而乏味"的，似乎有点困难。我个人的经验是，这种女孩，总能堵住你的话。

跟她谈每一件事儿，她的回应都只能是"对啊，我的他就是怎么怎么"；跟她聊一个城市，她只觉得"那里能有什么有趣的"；跟她分享一段经历，她的第一反应常是"这样安全吗"？

好而乏味，也不是多糟。只是如果，当我们惧怕自己乏味的话，就有了一个别的可以尝试的方向。

把人分成好的和坏的是荒谬的，要么迷人，或者乏味。

九年前，那个时候的我还是一个在读高一的女生。当时班里十分流行大家开一个博客，相互关注，记录生活。我们班里比较流行开博客的地方，名叫不老歌。在我关注的女生那里，我看到了"咆哮女郎柏邦尼"的名字。

这个女人的博客，言语里透露着锋芒，非常大胆，毫不避讳。她描述自己18岁时候的跳舞联谊会，她走上去对一个男生说，"你跳错了"。男生问她，"怎么错了"。她说，"感觉不对"。男生说，"怎么才对"。她说，"跳舞的感觉应该是淋漓尽致到高潮"。

转眼间快十年过去了，某天我发觉柏邦妮去参加奇葩说了。

虽然并没有持续地关注她十年，但每当我愿意去回想一些高中岁月的时候，就会看看她的不老歌和微博。

她真是一个能写的人，一天可以发很多篇文字，事无巨细都可以写。她喜欢下厨，喝"色如琥珀、气质芬芳"的中华牌桂花陈酒，做一碗山药炖猪手，做扁豆焖面和麻辣香肠。她关注时令，分享喜欢的文艺作品，能轻松自如地跟采访的艺人走心对谈。

总之，她是一个我年少时辨别出的一个"有趣"的人。现在的她年过三十，称自己为老女孩。迷人和乏味都有百种不同的方式，我遇到迷人的人，很快即可辨别，就像我遇到那些好而乏味的人一样。

做一个不总盯着自己生活看的人。从看事物的眼光怎样，就能评判你是一个怎样的人。在是枝裕和（日本电影导演，编剧，制作人）执导的《奇迹》这部电影中，就可以寻到端倪。

它讲述了这样一个故事：

因为父母婚姻破裂，两兄弟分别跟爸爸、妈妈居住，分隔两地。哥哥一心想要让一家四口重新在一起。

鹿儿岛开往福冈的新干线"燕"和福冈开往鹿儿岛的新干线"樱"会有短暂交汇，传说许下心中愿望的时候，奇迹就会降临。于是哥哥和弟弟分别带着自己的朋友来到了许愿的地方。

当两辆列车真正交汇的那一刻，所有孩子都在大喊自己的愿望。然而，哥哥却沉默了。

事实上，在许愿之前，哥哥因太在意让这个家庭重新凝聚，忍不住打电话给小田切让饰演的老爸——那是一个看着吊儿郎当，弹弹乐器玩玩乐队，对生活不太"认真"的人。

哥哥质问："我们对你来说，已经不算什么了吗?"

爸爸："怎么会呢? 不过，我希望航一长成这样的人，就是不总盯着自己生活看的人。"

哥哥："什么意思?"

爸爸："举个例子，比如关注音乐，或者世界。"

哥哥："世界怎么了，一点都不明白。"

爸爸："你会明白的，很快会明白。"

我理解到，大概之所以在那一刻哥哥会放弃许愿，是因为他关注到世界了。他关注到新生活里叮咚的车铃声，膨化食物袋里的零食碎，心爱的小狗，冰棒，蚕豆苗，泡在水里的泳裤，外婆舞动的手，外公制作的那些口味很淡的轻羹。

当他开始关注世界的每一件小物时，有些念头也就不必坚持了。

是枝裕和的作品让人感动的点在于，他并没有把自己和世界分离开，他甚至不是通过自己去观察世界。他把自己当成世界的一部分，然后再去观察整个世界。正是这样的眼光，才有对世间万物的温柔以待。

这个世界上，有趣和迷人的样子没有穷尽，也总结不出什么万金油般的规律。观念开阔，不囿囵地过日子，时刻关注着世界，珍惜小物，也许会是抵抗好而乏味的办法之一。

最后，回忆起我最近遇到的两个有趣的女子。

那是圣诞夜晚的浦东世纪公园，对面是浦西的一排万国建筑。她们俩衣着精致，妆容完整，坐在石阶上，中间铺一块布，上面一盏微光闪烁的蜡烛，两支透明到闪亮的玻璃杯，和一支红酒。

　　"真能想出来啊!"经过的时候，我感叹。

●●●

Hey, 请不要轻易找只家伙陪伴 ●●●

在高考前，大概因为一些压力的缘故，觉得自己应该养一条狗。我买了两只狗，为它们取名，一只叫好好，一只叫天天。寓意"好好学习、天天向上"，以此督促自己不要一天到晚跟同龄人背道而驰，做些不切实际的幻想。

然而，好好到公园晒过一次午后阳光之后，它就被诊断出得了细小病。这是一种急性传染病，发病快，死亡率高。下了晚修的我，来到宠物医院，隔着玻璃看着它瘦弱的小身体趴在那儿，挂着水。我无力地在内心安抚它：再撑一撑。

一个礼拜以后，在学校接到医生的电话，说好好应该过不了晚上。那天我应该是整个高中最早出校门的人。我去接了好好，把它带到离家不近的一条路旁，埋葬了它。那是第一次"切实"感受到生命的离开，为它送别。往后每次经过那条路，我都会在心里悄悄给它问声好。

天天是一条再普通不过的黄色小土狗，它倒一直活泼灵动，果然陪伴着我度过了高考前的时间，它"咚"一下跳到床上，又"咚"一下跳到地上，只要喊它，它就会凑过来把口水舔得满手都是。

上大学后，我们家开始装修，妈妈便把天天寄养到了同事家。后来她对我说，天天应该是趁开门的间隙，跑了出去，自此再无踪影。

妈妈哭得很伤心，回忆自己在雷雨天和天天一起散步的片段，她说："以后我们再也不养狗了，丢了真的好难受。"

——幸好有这只猫，我们相伴了十年有余。

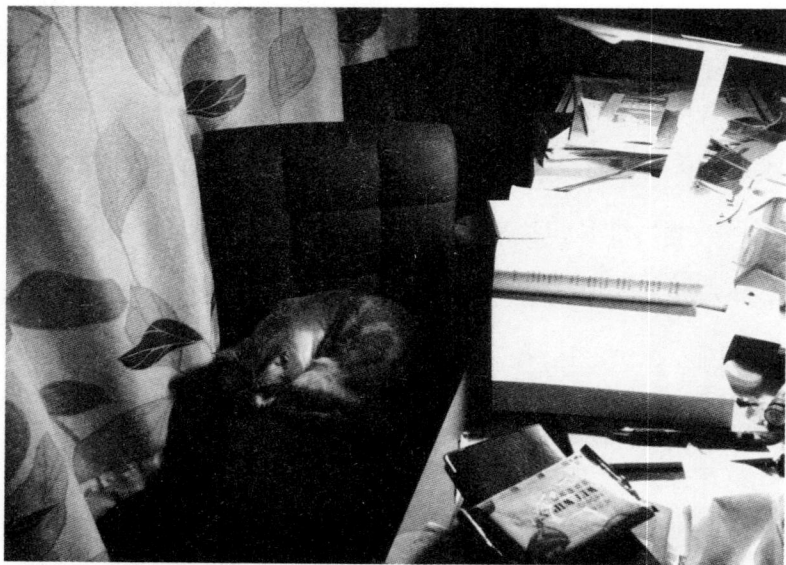

——我看书离开一会儿，它就睡下了，又有谁能忍心吵醒它。

▶世界很忙，而你刚好愿意为我有空·

　　妈妈的反应开始让我反思，自己对动物们是不是一个"始乱终弃"的混蛋？总是很轻易地开启与一只动物之间的联系和情感，是很自私地想要排解孤独吗？

　　在更小的时候，外公外婆家养过一只狗。如今只能模糊地回忆起那是一只白色的京巴。有一天晚上，我坐在客厅的竹椅上，它坐在对面。伸着舌头发出"哈哈哈"的声音，我把它推开，它凑过来，又把它推开，它还是凑过来，眼神里依旧充满了想要亲昵的意思。我变本加厉，用力打了它几下，它呜呜了几声，还是不屈不挠地凑过来了。

　　也不知道为什么，那晚的情景我一直没忘掉。昏黄的灯光里，那只小狗，始终抱着人类不会真去伤害它的信任感。也许我正是内心暗暗明白它有这种信任感，才用这种可耻的方法，私心想要测试它的忠诚。

　　慢慢成长，我成为一个养死过兔子，养死过乌龟，养死过好多条鱼的人。与它们积攒的片段越多，每一只没有被"安置"好的动物，越在我内心打下沉重的阴影。

　　我一直有种幻想，大部分人大概不会养死什么东西吧？至少，还是会有许多人是这方面的好手。直到有一天我在刷朋友圈的时候，无意中看到一条写着："去年养的多肉差不多全军覆没。"发朋友圈的是我的缝纫老师。在我心里，她属于那类对烹饪、手工、种植都很擅长的女人。

　　动物们很"萌"，人好似有足够的爱心，观看动物，认识动物，尝试与它们"做互动"。

养动物的人好像也比以前多了。这些动物就像他们的宝宝，人们带着它们一起喝咖啡，给它们留一个座位；牵着它们一起走进Shopping mall（百货中心），它们穿着衣服，好像也在浏览橱窗里的商品；把它们抱上车，它们隔着车窗张望外面的世界。人们和它们睡在一起，积极地讨论着，为它们铲屎时，它们都在想些什么。

在动物身上，可以看到主人们更强烈的情感投射，这种强烈让我心生畏惧。每每回忆生命里来过的那些动物，有时候很决绝，告诫自己不要轻易再养动物，不要忽视自己跟动物之间的"疏远"；有时候难免感动，沉溺在那些与动物相伴的日常中。

今天想来，很谢谢它们的经过，让我回忆过往的时候，忽然明朗生命是这么一回事。

●●●

不知从何而来的恶意，才最叫人寒心 ●●●

前几天我被问到一个问题：如果你面前有一个按钮，按下它就有 500 万。代价是世界上的某个地方会有人因此丧命。我回应：不按，这个设置不够精密。对方说：但有不少人都会按下这个按钮。他们心里想着，反正每天会离开的人也不少，我就按那么两三下。

（一）

记得小时候，前桌的女生带了一叠彩色卡片来学校。她转过身来，对着我拨弄着那些卡片。原本对卡片毫无兴致的我，被她吸引了。

"想要吗？我卖这个卡，一块钱一张。"

现在回想起来，那个女生长得并不很"美"，但在一年级的孩子里，她有着班花的地位。本地小孩，留着长发，又恰巧在女孩子们的中心位置。作为一个短发丑女孩的我，出于对她班花身份的敬畏，决定捧个场。

就在这个时候，我们被老师发现了。

她被老师叫到了讲台上，我看到他们相互之间在说些什么。这个时间不超过三分钟。我有不祥的预感。果然，三分钟之后，老师说，"她说你要买她的卡片？居然在学校里做这种事，罚你把课文抄五遍再走"。

但对那个女孩，她的惩罚态度几乎可以忽略不计。那天对于我来说，糟糕的不是被这个女孩陷害，而是焦虑如何能快速抄好五遍课文，不被来接我的父母发现。

后来过了十多年，我在家附近的麦当劳无意中撞见这个女孩。她坐在那里，也注意不到我。可我还能想起小时候的事。当年孩子之间，并没有什么真正意义上的过节和仇恨。

不过，那成为我最初接收到的一些来自旁人的恶意。

东野圭吾的《恶意》里，描述一个角色遭受校园暴力的感受："令他害怕的，并非暴力本身，而是那些讨厌自己的人所散发的负面能量。他从来没有想象过，在这世上竟然会有这样的恶意存在。"

这是对人性之恶让人战栗的描述。

这种恶意，不带因果，来自莫名之处，隐藏在人生旅途的每一站。不因年龄大小而存在消失，但会依据某种生长环境，萌芽、开花。

（二）

有一次，奶奶对我说，她被骗了几万块。我很吃惊，虽然老人常常待在家，也总接到骚扰诈骗电话，但之前从未受骗，这次是怎么了呢。

她说了这么一番话："那种骗子，一般我都不会上当。但是那天啊，我一接电话，对方就带着哭腔喊了一声'妈'。我第一反应就蒙了，以为你爸爸被人打了。"

对方要求她必须在当日下午打钱，挑选的时机也刚好在银行即将关门的时候。就因为那句至亲间的称呼，年过七旬的奶奶在挂掉电话以后，赶到银行去打钱。直到打完钱，在回来的路上细想，才明白过来。

这事至今给我留下很深的印象，原因是这种骗术背后透露出来的恶意是如此之深，似乎看准了"世间的母亲一遇上儿女的事情，就会丧失理智，全心保护"这一点。

也许总有人问，如今诈骗的手段如此之多，看上去也不见得多么高明。为什么还会有人上当呢？因为，诈骗能成，永远不是利用技术，而是人心。

那些披着养生、披着八卦、披着骇人听闻的消息出现的诈骗，利用的，就是人心。为了达到目的，他们不在乎会给多少人造成怎样的伤害和误解，扭曲多少人的认知和想法。读东野的《恶意》时，读到主角被捕，以为故事结束了。可故事想要表达的重心，从来都是在一个人杀另一个人的动机上。

书里说："就算被逮捕也不怕，即使赌上自己所剩无几的人生，也要贬低对方的人格。"

书外的人会渐渐明白，人性的欲望和幽暗，有层次、又多面。

因恶为恶，仅仅因为伤害一个人能带来快感。某一天，我仍会莫名地被人讨厌，招致了妒忌和偏见，以至于受到伤害。不过，恰恰借此体会到了人性的复杂，这是来世间一遭不枉此行的修行。

●●●

你在害怕成为一个幸福的人 ●●●

前一晚喝过酒，第二天我躺在床上，听着自己肚子里类似爆破的声音，想着爱情的最好状态。

当然看过那些状态，一个男生从背后搂着一个女生，他们坐在台阶上，满脸幸福地听音乐和看夜灯。一个男生和一个女生静默地坐着，不说什么，但他们显然是"一起"的，他们的面庞神色都相似，气场也连在一起。

那种状态是希望待在一起，哪怕去每个地方都会怀揣对方，没事儿聊聊将来，享受平和的甜蜜。接你回家也好，陪你吃饭也好，帮你修理东西也好，都带着一种谢谢你在我生命里出现的心情。

每次当我看到这种最好的状态时，内心都会有一种逃避反应。我呢，是那种一度害怕两个人的关系过于亲近，所以宁愿在疏远的时候安慰自己这样也挺好的人，我相信很多人和我一样。害怕如果按照大众公认的那种幸福范式走下去，会掉入什么更大的黑洞，所以就算感到不快乐，也可以将就。

比我更甚者，会不想开启一段新感情。

这种情况下，我们大概是在害怕成为一个幸福的人吧。

被影迷奉为爱情圭臬的三部曲《爱在黎明破晓前》《爱在日落黄昏时》和《爱在午夜降临前》，是值得思考爱情状态的好电影。

第一部《爱在黎明破晓前》讲他们相遇的故事：美国青年杰西在火车上偶遇了法国女学生塞琳娜，两人在火车上交谈甚欢。当火车到达维也纳时，杰西盛情邀请塞琳娜一起在维也纳游览一番。

他们边聊边逛，直到来到一家唱片铺子，他们挤在一间试听间内。那是感情最动人的时刻，女孩看着他，移开视线，男孩看着她，移开视线。情愫在两人眉目之间来回地流转，夹杂着不安、胆怯、暧昧、欲言又止。

等到了第三部《爱在午夜降临前》，他们已经在一起生活多年。电影里描述了两个人一次疯狂的吵架，女人甚至把衣服解到腰间，露出前胸打电话。

"女人对永恒的探索，存在于自我牺牲的广袤花园中。"

她生气地宣布："我不再爱你了。"

如果说，那个最好的状态里，我们身上都在发光，那么剩下的日子，我们就是一起看着那些光消失。

为了不要让光消失，人们一再讨论的问题有：如何保持爱情的新鲜感？怎样维持长久稳定的恋爱关系？那些克服了7年之痒的爱情现在都如何了？

觉得光毕竟会消失的我，一直在想，这个消失的过程实在太让人难受，可又有什么办法呢？

人们要么就从心理、爱情亲密度这样的理论研究角度来谈爱情，要么就从那些感人至深的事件中来谈爱情，有些就直接用《是情侣就得做的 20 件事》这类标准来描述爱情。

　　爱情里的那种"幸福"和"光"是可以被讨论出指导性意义的吗？我保持怀疑。以前觉得如果谈过一段三年五年都还不错的感情，大概已经有资格可以讨论一点"爱情"和"幸福"了吧。

　　但直到今天，我更倾向于爱情是不可知的。不会因为看完理论，又补充了感性资料，就更懂爱情了。**每一段爱情都是一条独自的路程，只有两人之间才可能明白他们在经历的是什么。**这条路有去无回，走过一次，也不会加多少经验值。

　　后来我继续想了一些，当爱情状态开始变幻的那些片段。

　　"我不想再那么被动了。"女生说。

　　"她每天都要吵一次架，为什么呢？"男生说。

　　"他不想找工作，我有点焦虑。"女生说。

　　"她家里条件真的太好了，好到我觉得……要放弃。"男生说。

　　"他不愿意陪我去旅行，以前可不这样。"女生说。

　　"我们可能快要分开了，家里人让她早点结婚。"男生说。

　　我们，无论男女，在偶尔撞上或飘然而至的爱情面前，都是一样的没把握和无奈。爱情里最好的状态，常常一去不返，非常让人惋惜，也没有更好的办法。最好的状态消失时，有些人牵手走下去，有些人选择分开，他们实际上是怎样的心境，也不是你我能揣测的。

　　许多人的梦想会是《飞屋环游记》开头的那几分钟的浪漫，但真的太难。就像"爱在"系列电影中，第三部那个老奶奶说的那样："We appear, and we disappear, and we are so important to some, but we are just passing through." (我们会出现于世，同样会消失，或许我们对某些人来说重要至极，但我们仍旧会与之擦身而过。)

　　唯一能做的，是在没有爱情的时候，想想看过的，这个世间爱情的最好状态。有爱情的时候，在已有的那条路里认真行走，在已有的那些光里看着对方。

● ● ●

为什么他们最后还是选择了结婚 ●●●

最近，我越来越无法接受日剧的套路。无论整剧在开头多么明确反复地强调男女主角持不婚主义、享受单身的想法，他们住高级单身公寓，精神世界富足且充实，但最后，他们都还是会结婚。

即便是和尚也要结婚，就算是同性取向的也要掰回来结婚，更不用说大龄未嫁女、理工女，抑或是人生失败者了。这些年来，我们更多地讨论婚姻，讨论能不能接受开放式关系，讨论远距离恋爱能不能可行。可见，婚姻已经渐渐不再是一门必修课，更不会强制在一定的年龄完成这门功课。

由于我对情感关系的趋势判定向来悲观，某段时间，曾对那些戳中婚姻现实关系的影视剧十分着迷。

比如电影《革命之路》里，关系的绝望是爆炸性的。

男女主是一对自诩独特的夫妇，有一天他们决定抛弃原来的生活，搬到巴黎。就在做出决定以后，男主忽然升职加薪，女主忽然怀孕了，搬到巴黎这样梦幻的梦想难以实现。两人进入了恶性循环式的争吵，冲着彼此大声吼叫，声调越来越高，距离越来越远，谁都听不进对方的话。

妻子 April 忍无可忍，开始质问自己的丈夫："你还是个男人吗！"

这句话是女人们惯用的一把利刃。在沟通持续无效后，她濒临崩溃，威胁对方如果再敢说一句话，就要尖叫，接着，她就疯狂尖叫了起来。

《革命之路》不仅于此，能看到多于男女关系和婚姻的很多东西。他们要革的，还有自己生活的路。看过电影的往后这几年时间里，我也不断在感情的革命之路上重复着挣扎和失败。

相反，在电影《45周年》里，婚姻关系的绝望是隐忍的。

丈夫因为找到了50年前在瑞士阿尔卑斯山因意外丧生的前女友的遗体，整个人魂不守舍，沉浸在过去的回忆，全然察觉不到妻子的隐忍，那种隐忍藏在妻子试探性的询问中、无奈的沉默里。电影里清冷的风景几乎要淹没她的背影。

这两部电影都展现了十分真实的婚姻片段，两个人爆发争执的时候，就是一种近乎滑稽的痛苦撕扯。两个人出现间隙的时候，一方的隐忍就是藏于深海的冰山，深不见底。

它们提醒我，走入婚姻有一个很大的风险，就是一段关系变糟时，很难找到转机。

那我们为什么要结婚呢？我也在问自己。

有句话是这么说的——爱情，也许是拯救人类宿命般孤独的最佳灵药。即便婚姻跟爱情的相关性让人存疑。但我们普遍需要这种拯救孤独的办法，它可以成为一种信仰。

随着周围的人渐渐开始走入婚姻，我重新思考。我猜测，在我们许下一个承诺的时候，我们相信它。即便无数人口口声声说自己是不婚主义、享受单身，但我们，还是努力愿意相信它。爱情和婚姻的桎梏摆明在那儿，它招摇着，让痴迷的人愿意尝试。

朋友们认真地穿着白衬衫到照相馆去拍了红底的结婚证件照，他们选了一个好日子去排了城市里最美民政局的长长队伍。说着不要摆酒要旅行结婚，最后还是摆了酒，因为"要给女方一个承诺，要圆双方家长一个心愿"。婚后，朋友圈就不再是自己，而是记录共同成长的点点滴滴。

两个人关系的远近是随着时间不断变化的，有时我们都无法不跟随命运的脚步颠簸。人的情感是丰富的、流转的，婚姻不意味着故事就变成幸福的句点。恰恰是在理解这一切后，给出一个承诺、约定共同生活，才显得格外有勇气，而且是极大的勇气。

日剧的女主角是这样问妈妈的："你觉得结婚是正确的吗？结婚那么有价值吗？是就算否定自己至今为止的所有生活方式，也要努力获得的东西吗？"

妈妈回答说："你问我结婚有什么好处吗？那就是可以不被人说三道四，这个人怎么还没结婚？是不是有什么缺陷？已经是大龄剩女了，是不是正着急呢？被世人的好奇心所包围，你不觉得很烦吗？"

"你不觉得很烦吗"，正中要害。

美好的东西从来不会寻求关注 ●●●

自小生长在江南，它构成我整个生命最初的底色。

后来我跟随父母来到更炎热的南方，离开儿时玩伴也罢，陌生的方言也罢，那些不适也是长大才意识到的。所以，想念故乡，也是长大才意识到的。

故乡带着一点儿凉意，散发在道路两旁的法国梧桐树之间，走在路上，踩上枯掉的梧桐叶，很清脆。这时候，可以确信回到某个熟悉的地方了。

故乡的凉意还在偶尔睡醒的早晨，从窗口望出去，外面是错落有致的一大片红瓦矮房，偶尔有鸟来作点缀，路边的树高大葱茏，空气像清泉一样灌进身体。

马路上的女孩骑着摩托，用轻盈丝质的布料把手臂和脸都遮起来。她们很水灵。我想象自己本应是她们中的一员。事实上，在我所常待的城市，自己是在许多穿短裤、背轻奢单肩包的女孩的行列之中。

江南有大大小小的园林、寺庙、书院，哪怕只是瞥了一眼，也能感觉它们有多安静。地上的砖块因为青苔和雨，湿漉漉的。大的芭蕉叶舒展开，好像要隐藏什么秘密。回廊之间，建筑四周，绿植蔓延在整个视野里。

江南住着外婆、外公和阿姨。

——无锡的东林书院，午后搀着外婆慢慢逛。

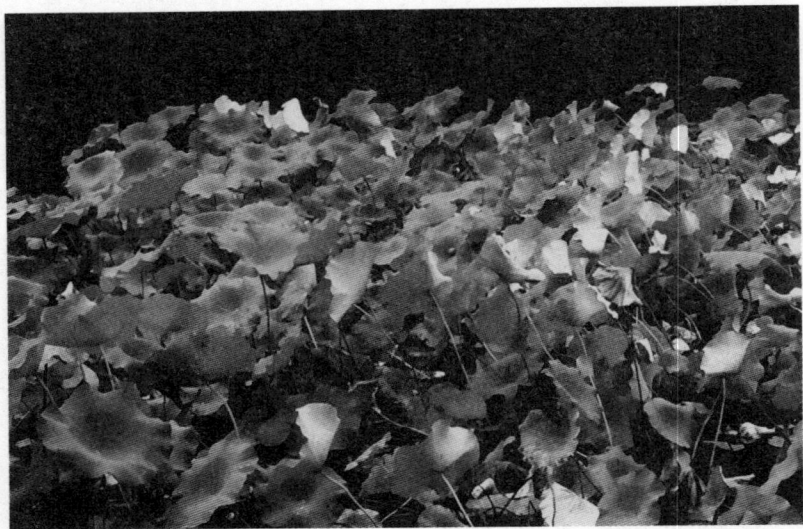

——江南寄畅园，起风时的荷叶缓缓地翻起又落下，时间越来越慢。

一晚，阿姨带着我，驱车来到太湖一隅，她说，喜欢凌晨四五点起身，在初樱的季节里，到鼋头渚边上赏樱。往后，人群多起来，樱花也长大了，便不及初时那么好看了。

她还会跟我说起一点感情的事情，她踩着高跟鞋，在夜晚的泥路里挽着我。她一向不太相信爱情。

十月，一场雨连着一场雨。

早晚出房门或回家，外婆总会说，冷信要来了。十月，在更南方的居住地，还是炎热的。可在江南，晚上可以披上卡其色的风衣出门。这里的夜晚，一些公交八点后便停驶了。马路上空空荡荡的黑，人们看上去休息得早。夜晚，我也常内心空荡，好像一日下来过得还不够精彩。

如今居住的地方，有着众多外来人口，他们来自湖南、来自江西、来自武汉、来自更远的东北。每年回一两次故乡，已经成为我的习惯。缺少了日日夜夜居住在故乡的实在感，对故乡的留恋和想象，更多地停留在亲人那里，停留在匆匆一瞥的风景之间。

都说近乡情怯，对于我来说，故乡就像一个梦，有底色，内容可以靠自己无限的想象去填充。对它我可永不失好奇之心。

那儿一直静悄悄地好着，当时只道是寻常地好着。后来我看电影，看到一句台词说 "Beautiful things don't ask for attention"，即美好的东西从来不会寻求关注。

这就是故乡带给我的感觉吧。

/
PART5
/
时光不老，我们不散

/

尺度君的本体
如果把尺度君比作一个人，
那么他温情脉脉、颇受欢迎。
/

为何知己，总归变不成老朋友 ●●●

（一）来年陌生的是昨日最亲的某某

假期与久未见面的旧友约见，特地选了一间安静的咖啡馆。我坐在桌子旁边百无聊赖地一边嘬着玻璃瓶里的果汁，一边用力搅动杯子里的冰块，希望它们化得快一点。不然十分钟之内点两杯饮料，显得有点太奇怪。

桌子对面的那个人显然也注意到了这点。这很奇怪，过去我们俩曾如此亲密，无话不谈，以至于在约见前从来没有料到会出现这样的局面。

"你最近怎么样？"

"哈哈，还好，换了工作。你呢？"

"还不是一样，在外面读书。真羡慕你啊，已经不用考试了，哈哈。"

说的都是一些对方早已熟知的情况。其实无论是放弃了毕业开始选定的工作，在另一个行业重新开始；还是在家境并没有那么好的情况下远走异国他乡，继续深造，里面都有太多可以倾诉和吐槽的故事。可不知道为什么，我们俩不约而同地向对方保持了沉默。

旧友相见之时，唯剩不停地喝水以掩饰无话可讲的尴尬。

如果参加过几次同学会，你会很熟悉这种尴尬的气味：幼儿园和小学的同学多已结婚生子，同学聚会的时候喋喋不休地讲着自己子女的事情；初高中的同学在群里平时不咋聊天，如果有信息来，要么就是广告或红包，要么就是"XX 兄最近在哪里发财"；而大学的同学关系不那样紧密，毕业之后大多四散东西。

但眼前这个不是同学聚会，而是跟从前最亲密无间的朋友见面。

十几岁的年纪，总是把朋友作为最重要，甚至超过家人的存在。校园里的爱情往往纯美无瑕，而友情更甚。

每当我想起中学时光，最先回想起的还是跟朋友们背靠背坐在操场上闲聊、唱歌，对着蒲公英一样的云发呆，遥想面目模糊的未来。

也正因为如此，当未来变得似乎触手可及的时候，旧友却遥不可触。从前相视一笑的默契如今化为了相对苦笑的尴尬，这样的事实，才让人真正难以接受。

（二）越渴望相见然后发现，中间隔着那十年

见面后我们只是简单地聊天，却很悲哀地发现，我们俩的生活轨迹和三观都产生了严重的偏离。

或许这是从一封封书写越来越潦草的信纸中开始的；或许是从我们人生道路的渐行渐远中产生；抑或从我们中考后考入不同的高中之后，就已经开始了。

"似乎……没什么话好聊了……"

我并不排除有那种保鲜期很久的友谊，很久之后见面聊天依然能够聊到很 High。但对于并不擅长炒热气氛的我和朋友来说，遇到这样的情况脑子里只会希望立刻有个紧急电话打过来救我们于水火

之中。

"啊，我想起来，之前我们不是很喜欢那谁的一首歌么？你还专登在本子上抄歌词来着，抄到都能背下来了。你现在还记得歌词吗？"

"呃……是吗？我有做过这种事吗？"

"这样，原来你不记得了啊，哈哈。"

我笨嘴拙舌地试图在记忆的五斗橱里找寻回忆，美好的或者是伤感的，一些手挽着手肩并着肩唱歌的日子。然而有些事情，我们可能都忘记了。

在越来越浓郁的尴尬气息当中，这种时刻，我莫名想起了鲁迅多年后见到闰土的场景：

"我接着便有许多话，想要连珠一般涌出：角鸡，跳鱼儿，贝壳，猹……但又总觉得被什么挡着似的，单在脑里面回旋，吐不出口外去。"

（三）为何旧知己在最后变不成老友

我们当初分别时有一个约定，大家在毕业晚会上一定忍住不要流泪。然而不管毕业酒会上喝得多么涕泗横流，同学录上写得多么感人肺腑，该哭的确实哭了。可后来，大家还是生疏了。这就是事实。

好不容易到了晚上，终于有了相互告别的正当理由，我们似乎都松了一口气。当然，我们还是彼此略显生硬地客套了一下，交换了最新的电话号码，说着"下次有空还要出来喝茶聊天啊"的话。

虽然我们很清楚，这次失败的旧友重逢之后，若非必须，恐怕再也不会主动和对方联系了吧。

这才是离别真正的悲哀，不是良辰美景更与何人说的无奈；也不是西出阳关无故人的伤怀。书信出现了、电话和手机出现了、qq 和微信出现了，我们嘴上说着，心里也以为真能够天涯若比邻，但是满怀着恶意的时间和残忍的距离终究还是会拉远一切，无论对方曾如何实实在在踏入过你的宇宙。

最后嘀咕几句，从这一次会面中，我总结出一个经验：

即便平时上 qq 或者微信都不习惯跟别人聊天，节假日也要多发一下节日祝福。这看起来是一个毫无意义的举动，实则可能引发久未聊天的朋友之间长谈并了解对方的一个契机。

好朋友，也是需要长刷存在感的。

还有，寡言的旧友见面，不要约在不能无限续杯的咖啡厅里面。

水青冈

●●●

大学里的第一次互撕，我献给了小组作业 ●●●

（一）进了大学，人生要上的第一节课就叫作"小组作业"

在这节奇妙的课程里，相亲相爱的闺蜜可能会反目成仇；相互尊敬的师兄师姐关系结束；各种少年少女之间的友谊也被扼杀了。不过呢，也有少数的友谊得到了升华。

不过，友人变路人，路人变仇人，小组作业似乎成了毁害人际关系的神器。

韩剧《奶酪陷阱》中，就有一个非常经典的小组作业情节。女主洪雪是一个学霸。一次，老师要求班级里的同学随机组队做小组作业。同组的组员们发现自己是和学霸一组，非常开心，并一致推选洪雪当组长。

然后很快，这一切就像噩梦一样展开了。洪雪组织开会定选题的时候，大家心不在焉，甚至推脱任务，后续的开会也以各种理由不再出席。随着期限逼近，却没有任何一个人按时把做好的内容交给她。可怜的女主心力交瘁，却只能盯着他们发来的各种烂借口叹气。

Facebook 全都是在线状态，可就是没有人回她的信息。

家境不好，需要靠奖学金来负担学费的女主只好一个人埋头苦干，通宵把小组作业完成了，然后赶在小组演讲前把整理好的资料发给了什么事都没干的成员们。

然而，组员们比她想象的还要糟糕。由于他们在演讲的时候不熟悉资料，被老师发现这份作业全部都是洪雪一个人做出来的，于是毫不留情地给了一个全组的 D，也包括身为组长的她。

出乎意料的是，那位同组说自己生病了，没时间做小组作业的组员，倒是把自己的个人作业给完成得好好的。

肥　妹

（二）听说你喜欢他，那么先和他做一次小组作业试试

说到小组作业的爱恨情仇，我的回忆里就有无数素材。

有一次，我们小组恰好赶上了办报纸，我还幸运地被分到了素有"特别难搞"之称的特稿小组。

当时我们既要办报纸，又要拍剪新闻片，还有一个大的新闻稿也无限靠近期限，同时又要应付即将到来的考试。那段时间，我基本是白天采访拍片，晚上熬夜写稿剪片。

虽然此前经历过多次的小组作业，见过不少场面，但这一次，我还是被刷新了三观。

在这最关键的时刻，小组里面有一个男生基本全程当甩手掌柜。不参加选题讨论、不列提纲、不采访、不写稿、不校对……好不容易说服他做版面排版，出来的版面却丑得触目惊心。

最后我只能熬夜替他去机房将版面排好，回到宿舍的时候已经凌晨三点多。回去的夜路上，我想骂他，但我连和他对话的机会都没有。他早就玩失踪，电话短信都不回了。

　　无奈的是我当时还跟他同在另一个小组里，更不幸的是小组的其他成员和他一样都有想抱大腿的侥幸心理。

　　明天就是期限之日，前一晚上都没有动静，他们盘算着，总会有人能出来把作业承包的，自己就坐享其成好了。

　　忍无可忍之下，我解散了小组，和另外一个主动干活又靠谱的女生，出来单干。而那个队友知道后立刻打电话给我。

　　"怎么突然就解散了，我都不知道发生什么事，我加入你这边好吗？我真的走投无路了！"

　　"求求你了，我真的不知道怎么办，明天交不了作业会挂的！"

　　他在电话里对我苦苦哀求，说着无限循环的"求求你"，我一度又心软了。身旁的女伴一直向我拼命使眼色——绝对不能动摇。

　　最后我规劝他去找别的小组还有没有需要人的，狠心挂掉了电话。

　　女伴唏嘘道："你知道吗？我曾经还有点喜欢他。这次之后，彻底好感全无。"

　　如果有机会，和你喜欢的对象做一次小组作业吧，这也许会是检验对方靠谱程度的好方法。

八卦欧

（三）大家逃来逃去，合作成了一件 1+1<1 的事

　　其实，大家对小组作业的概念就是"混过去"就好了。当然，我所说的"大家"指的是像我这种学渣。

如果团队里有学霸，那么小组作业就好办了，不仅有高分保证，还省时省力。如果团队里有不想干活儿的拖油瓶，那么小组作业就像是一场漫长的噩梦，持续整整一个学期。而且你哪怕不断挣扎，最终的分数依然逃不过悲剧。

所以作为一个有责任心的学渣，我一直觉得小组作业这种反人类的东西应该灭绝。

曾经在大三的时候跟一些师兄合作小组作业，跟《奶酪陷阱》里演得几乎如出一辙。无数次小组会议都在"啊，不好意思我那天没空"；"师妹你先开，我晚上过来"的托词中化成泡沫。

逐渐地，小组合作成了大家最想逃避的功课。

我曾经一个人包揽剧本、导演、场记、演员甚至后期剪辑的工作，仅仅因为我们的小组作业不能交一个空白卷上去。

毕业多年了，我回顾过去四年，小组作业是不是真的实现过它最初的目的：让我们在合作过程中相互学习，相互进步，为共同一个目标去实现"1+1＞2"的效应。

可惜，并没有。

有人愿意把活儿全部揽下来，有人就是不愿意做事，有人敷衍过去，有人想做但跟不上……各种各样的小组我都见过，但这似乎永远都不是真正的小组合作。

我曾见过一个毕业设计小组，从大二开始这个小组就已经成立，成员都没有变过，也没有发生过不愉快。平时大家无论是上课还是下课都是很好的朋友，在合作的过程中也没有谁计较过得失与对错，或是衡量付出与收获。

我看到的是，他们真的为自己所在的这个团队感到自豪、快乐。

鹅鹅酱

多年后我们发现，其实毕业之后进入公司，融入一个部门，组建一个团队，也是相同的道理。小组作业只是提前在大学里检验你往后的人生罢了。

《中国合伙人》里说，不要和你最好的朋友一起开公司。你们的友情未必经得起合作，合作是一件比朋友间的相处要求更高的事情。

其实大部分人，可能既不是那个讨厌的拖油瓶也不是那个挑大梁的组长，只是一个中间人。可是仔细想想，那些背锅的组长们，并没有义务去服务我们，他们也没有额外得到什么。

但我相信，他们最终还是得到了回报的。因为他们学会了去承担更多东西，这也是在温室般的校园里难得的人生历练。

●●●

你以为这是冷处理，其实就是冷暴力 ●●●

"你有没有被人当成空气过?"前几天，尺度编辑部在聊天的时候，和时突然这么问了一句。她说，"我有过"。

被当成空气一般无视；突然被像对待垃圾般嫌弃；莫名其妙又无缘故地长时间失联；主动断绝任何可能有效的沟通；在不主动与对方说话这点上异常地执着等。这些经历，我们都有过。

（一）吵完架之后的几天，我们总是互相视对方为空气

高中上历史课的时候，目光每掠过一个"二战"后的"冷战"字眼，我的思绪就会瞬间飘远，想起我和我妈最近这几天，似乎又很久没有说话了。

那正是青春期对上更年期，空气中擦个火花都会爆炸的日子。我妈跟我吵架，大怒难遏的时候，总要过上几天难熬的冷战。

冷战期间，我妈通常会执行"不说话、不理会、不沟通"的"三不政策"，彻底断绝一切跟我说话的机会，完全视我为空气。仿佛中间有一个无法逾越的结界一样。这样过了几天以后，某天她气消了，就会主动找我破冰，似乎不愉快的事情就已经过去一样。

但是，被当作透明人的难受感觉，比刚刚被破口大骂得狗血淋头还要让人憋闷，我妈或许通过这种方式成功地消解了她的情绪，但是我的感受却无处可泄。

长大之后，这种表达愤怒的发泄方式被我原样照搬到别人身上，直到有一个被我这样对待的朋友在我面前大哭之后，我才察觉到，这样真的很过分。

后来，我才知道，这就是冷暴力的一种。

和　时

（二）你以为这是冷处理，其实就是冷暴力

高中的时候，每个人身边似乎都有这样一对屡吵屡分、屡分屡合的情侣，但是到最后，他俩还是分了。

我身边也毫不例外地发生了这么一个事例。我和这个男生，算是比较谈得来的朋友，毕业酒会的时候聊到了他们为什么分手。男生叹了一口气说：

"我们吵不起来。"

"这是分手的原因？"

"每次她对我不高兴了，就给我使脸色。虽然不打不闹不吵不叫，但就是不理我。这样一来我就心里难受，会想尽方法哄她讨好她，但是时间久了，这样真的很累。我觉得我不再像以前那么好好待她，也不再像我自己了。"

我想，女生可能本意想要通过冷处理的方式解决情侣之间的争端，但实际上，这种行为，会让人误以为她是想通过这种冷暴力的方式来控制男生，占据主导地位。

无独有偶，同样是冷暴力，另外一个朋友却用它来分手。

这个朋友属于不用担心没有女朋友的那类人，但是光棍节前他还是华丽丽地恢复了光棍身份。于是大家一起出去喝了个光棍酒，杯过三巡，我们嘲笑他女人缘这么好也被甩了，真是天赐报应。

他埋着头，似乎不胜酒力，但是很认真地说："其实这次分手虽然是她提出来的，但却是我故意引导的。"

"我分手之前，故意不接她电话、不回她短信、疯狂地出去玩、出去浪不告诉她，直到很生气，主动提出的分手。但是我会假装挽留一下，让她感觉好过一点，再分手。"

"……兄弟你这招有点损啊。"

"对……我就是一个渣男。"说完这句，他就倒在桌上睡着了。

水青冈

（三）有时候，我们根本不知道那是一种冷暴力

有一阵子，大概是因为处在"狗都嫌"的中二病时期，我很不懂得照顾别人的感受。当时身边有一个很会照顾别人的朋友，但是因为某些原因闹得不愉快，我就鲁莽地单方面断交了。

虽然我表面上不理她，不跟她说话，但是实际上还是偷偷地关注她的一举一动，注意她到底有没有被我的举动伤到。

其实是希望她主动过来跟我道歉，那样我或许就可以原谅她的"过错"。

　　果不其然，这样过不了几天，她过来道歉了。但是我觉得她的道歉不够诚恳，还是没有原谅她。

　　那么多年以后我再回想起来这件事，其实当时矛盾已经不再重要，只是我一厢情愿地坚持要维护根本不存在的"尊严"。

　　看上去，我好像赢了场面，其实，还是输了感情。

壳　斗

　　不管有没有真实地遭受过这种冷暴力，大部分人都能理解"凝视我，别再只看天花"的那种酸楚。只因人天生是一种害怕被忽视的动物，越是被重要的人忽视，就越是要极力引起重视。这是冷暴力之所以奏效的原因，也是它的弱点。

　　在一段僵持的关系当中，总有一个人要先让步，但那个人不能总是同一个人，对吗？

● ● ●

"我喜欢你"说还是不说 ●●●

（一）他觉得我不说也可以，她觉得不说就没戏

　　一次聚会上闲聊，有个女生说起了某个男生，她讲到这个男生原本喜欢她，可后来又去追了别人，很不可靠。她刚开始讲了没几句，有人便插了一句："那他告白了没？"

　　如果没有告白的话，怎么能证明他是喜欢你的呢？他向你告白了，才能证明他是真正喜欢你的。虽然现在的告白，也有不少掺着水分。

　　舍友 A 最近认识了一个师兄，大概是互相都觉得对方很对胃口，节奏飞快地进入了暧昧状态。男生也很有经验，借着约出来每天跑步的契机，逐步完成了牵手、拥抱、亲吻额头这几大经典动作。

　　我想庆祝她脱单，结果她说："我还不算脱单呢，他还没有向我告白。"

　　对于大部分女生来说，告白是一项"确定正式关系"必不可少的仪式，是一件"我喜欢你"毋庸置疑的最好证明。告白之后，女生给出一个肯定的回答，一段正式的男女朋友关系才真正开始。

　　有趣的是，这件几乎在女生里要达成共识的事情，在男生中却遭遇了一小撮例外。大一的时候，班上有一对周围人觉得铁定会在一起的男女。他们很搭，举止也很暧昧，但是大一结束时我们发现，两个人像是突然变成了陌生人。原因是：双方都心知肚明自己和对方是有意思的，但是男方一直迟迟没有告白。

▶世界很忙，而你刚好愿意为我有空

后来，我偶然和男生聊起这件事，对方竟然说："我觉得我们已经算是在一起了啊，结果她突然怎么都不理我了，莫名其妙。"

肥　妹

（二）女生不必太紧张，诚实会有点难

作为一个公认的妇女之友，我的微信好友里有很多女孩子，这往往让周围的很多宅男羡慕得死去活来。但他们不懂朋友圈被女生们刷屏的感受，尤其某段时间看到 80% 以上的朋友圈内容，都是观点类似"女孩子，一定不能在谈恋爱的时候主动告白"这样的文章。

就我个人而言，比较反感这种斩钉截铁式的论断：感情本来就是变幻莫测的事，又怎能说有一个四海之内放之皆准、所有成员必须遵守的公理？一个普通的观点是：在感情的事上，谁先说爱，就是谁输了。但是数学的婚姻定理告诉我们：在告白方面，掌握主动权的人，通常享有更多选择的余地。

作为一个优质的妇女之友，自然会有很多女生来跟我聊这方面的问题，但她们往往来问我的是：喜欢上一个人，怎么样才能在不告诉他的前提下让他知道我喜欢他？

这时我往往要跟她们讨论一件事：告白和单膝跪地的求爱是不是一回事。那么，告白和求爱是一回事吗？从行为上看好像是的，但实际上不一样。求爱的意思是请求对方答应跟自己在一起。而告白则是，我只是告诉你，我现在喜欢你。

这就是，我告诉你我喜欢你，我表达了我对你的好感，你采取什么方式应对都可以，我只是来告知你一件事而已。我没有要求你跟我在一起。我厌倦了彼此之间躲躲闪闪、拖拖拉拉的游戏，我不想每次都要假装自己除了眼睛不在看你，但全身上下都在探寻你，我不想跟你聊天的时候打了一大串字又全部删去，我不想学习怎样去欲拒还迎，我只是想做我自己。

如果你答应，我们就可以快点在一起。

如果你不答应，那也没什么关系。

水青冈

（三）说还是不说，结果都是一样

我有一个朋友，大学时喜欢班上一个女生，有一段时间两人相处得颇为熟络，这种熟络逐渐发酵，发酵到双方很清楚多走一步会是什么结果。但是女生就是不表现出任何爱意，只是维持现状。

有一次他终于没忍住，在 QQ 上给她敲了几个字过去：

"我要告诉你一件事情。"

当他说出"我喜欢你"的时候，她倒是很淡然地说，"其实我早就猜到了。"然后他很纳闷儿：为什么你还可以装作不知道的样子？

女生并没有让他等太久，很快就揭晓了谜底：

"因为我不喜欢你啊。"

世上表白形式千千万，但存在两种极端类型：一种是马后炮型，另一种是早死早超生型。

　　所谓马后炮型，是指明知道对方已经对你死心塌地了，却还明知故问地去告白，无非是想找一个正式开始这段感情的契机，或是完成一种表白的仪式。

　　而我这位朋友的这段经历，很不幸属于第二种。

　　早死早超生型，顾名思义就是自己明显已经感觉要掌控不住了，但还存着一种"死就死吧，总比现在这样憋死好，而且万一成了呢"的期待，于是去表白看看。他们的目的不是收割成果，而是在寻求解脱之余祈祷奇迹。可是，又怎么会有人原本不喜欢你，而仅因为你表白了，就突然变得喜欢你了？

　　我们费尽心机去布置表白，然而在你表白之前，结果就已经预先定好了。表白是互相真心喜欢的人在一起的仪式；但表白也是"不爱却要暧昧着"的休止符。

老花猫

●●●

你会喜欢异性版的自己吗 ●●●

"你会喜欢异性版的自己吗？"看到这个问题之后，我的第一反应是："不会。"因为如果让我跟异性的自己待在一起，我们俩一定会一起懒死在家里。

然后我跑去问身边的男同胞，结果收到了一个斩钉截铁的"当然会！"

"因为我对女朋友实在是太好了"，他满意地笑。

而睡在我隔壁床的舍友跷着二郎腿慢悠悠地说："当然不会。因为我太事儿了，自己都怕。"

这个问题真是有趣，就好像你能够一瞬间把自己代入一个场景里，跳出来好好地看一看自己："喂，我到底是个怎样的人？"

（一）如果我娶了异性的自己，迟早要发生命案

我从小就被我爸教育说，找老婆要找互补的，我对此深表赞同。或许我和我爸都是性格上优点和缺点很明显的人。粗线条，果敢，能扛事儿，但脾气臭，大男子主义。温柔起来可以把人哄上天，发起火来好像是在把人吊起来打（女票这么形容）。

所以像我这种性格极端的人，就实在不想找和自己性格差不多的异性了。这要真在一起了，迟早发生命案。

但我却非常喜欢和与我性格相近的异性做朋友，因为她们不需要

哦，不需要刻意把话说得好听，可以省去各种铺垫，直接进入真正想沟通的部分。

徐　璐

（二）连自己都不敢要的我，你却小心保护着

我的整个少女时代都在幻想着各种各样的事情。比如说，我会有一个怎样的男朋友，以及我会成为一个怎样的女朋友。那时没有谈过恋爱的我，甚至在想，我会成为一个全世界最棒的女朋友吧。明天要考试了，我会给他准备好笔袋，细心地放上削好的铅笔和干净的橡皮，在他复习册的某一页里偷偷写下加油的话。

所以，如果当时你问我："你会喜欢异性的自己吗？"我肯定会点头说会。

但是恋爱之后发现，我并不是全世界最棒的女朋友，而且可能还是一个不那么合格的女朋友。坚持不逃每一节课的人，也会因为吵架后坏掉的心情窝在宿舍里看剧。发现自己原来这么爱哭，一向温和的性格也变得情绪起伏，难以控制。付出了就想得到回报，我害怕自己是付出多的那一个，怕输，怕没有未来。也因此，做了许多耍性子，不理智的事情。

回过头来想这个问题"你会喜欢异性的自己吗？"不喜欢了。在恋爱面前的自己远没有当初想象的可爱。

回过头来，从这个问题意识到的，是我对男朋友的感谢：谢谢你

包容这个不完美的我。

连自己都不敢要的我，你却小心保护着。

诗人与猫

（三）异性的自己，是我见过最可爱的人儿

我想这个问题的本质是，"你喜欢自己吗？"在这个世界上，最了解你的人，莫过于自己了。

你知道自己虽然善良乐观积极向上，但是心里也冒出过阴暗的想法；你知道自己虽然爱收拾得干干净净，但是其实也有懒得一动不想动的时候；你有时候勇敢果断，有时候也优柔寡断。

很长一段时间里，我都觉得自己"怀才不遇"，只能"孤芳自赏"。

觉得自己温柔善良体贴，却没有人喜欢；觉得自己热情义气性情中人，却交不到知心朋友；觉得自己勤奋努力踏实肯干，却得不到上司的赏识。

后来在慢慢地学会与自己的相处的过程中才发现，人无完人。

我同样还是一个喜欢无理取闹的女朋友，也会为了朋友一句无心的话生气很久。还爱偷懒和耍小聪明。

但即便如此，我还是会喜欢异性的自己。

因为他可是我见过最可爱的人儿啊！

Emily

　　如果有一天，生活中真的能够出现一个异性的自己，我想要在他出现之前先把自己变得更好，然后再义无反顾地跟他相爱。

　　毕竟，要遇见一个如此心心相印惺惺相惜的人，是一件多么不容易的事。

●●●

你怎么长得和朋友圈里不一样 ●●●

（一）社交网络形象取代了现实形象

老同学的友谊，在毕业之后基本靠朋友圈维系着。所幸这一次有老班长牵头，把我们几个许久未见的朋友拉了出来。掐指一算，尽管在同一个城市，却也有一年没见了。一场饭下来，最让我感到震惊的不是大家现在飞速发展的事业或感情，而是样貌。他们跟我在朋友圈里看到的，似乎不太一样。晚上回去翻翻他们的朋友圈，我突然明白：我的好友们，早就有了社交网络形象和现实形象两种版本，以至于在许久没有跟他们见面，社交网络形象就真的取代了现实形象。直到见面，我再也忍不住在内心感慨："原来你长这样！"

小　船

（二）在美颜时代 所谓漂亮的照片都是有套路的

我们这一代人，已经走进了美颜时代。这种朋友圈照片也昭示了这样一种对应需求：我们需要最起码的"好看"，然后热切地去靠近大众的审美标准。记得前阵子我给师姐拍毕业照，照片出来后我们一起翻看照片，一边互相讨论着哪张好看。我最喜欢的是一张侧着脸，嘟着嘴的照片，是我跟她聊天的时候抓拍到的，感觉很可爱。然而她觉得好看的那些照片，是她面朝镜头，双膝并拢，坐在螃蜞菊盛开的草地上斯斯文文地笑，嘴角上扬得恰到好处。这些照片无论是用光、构图、背景还是人物的姿势都没什么可以挑剔的地方，只是我觉得，这种"没什么问题"的照片本身，就是一个问题。在我眼里，师姐的魅力在于她的亲和可爱，而这些照片和影楼里随处可见的写真一样，千篇一律毫无个人特色，完完全全把她的美掩盖了。我帮一些女生拍照时，时常会听到这样的话："记得把我拍瘦一点哦；记得把我 P 白一点哦；这张笑得太开了，再拍一遍吧。"

于是，她们在镜头面前摆出含蓄而优雅的姿势，或坐或站，然后微笑——这样拍出来的照片美则美矣，但是真的是最好看的自己吗？未必。

很多女孩并不知道自己的美在何处。完全平铺的脸，相似的眉眼，千篇一律的表情和摆拍姿势，那不是你；有脸上的痣和身上的胎记，有肌肤的纹路，有腹部的赘肉，牙齿参差不齐，大腿有点儿粗，这些可能才是你。而一个人往往因为有了这些，才显得特殊，还附带那么一点儿可爱的。

和　时

（三）这几个妹子都挺好看啊，但看起来不都差不多吗

男友有次跟我说过一个趣事：有一次，他的一个舍友玩大冒险输了，作为惩罚，他把自己喜欢的妹子照片给在场的朋友公开，那是一张她和闺蜜们的合照。他们几个看得很疑惑："这几个妹子都挺好看啊……但是长得不都差不多吗？你喜欢的是哪个来着？"然后我给他

科普说："这种整齐划一的风格，来自一键磨皮和美白。"

　　让我感到遗憾的是，在许多社交媒体上的那些过滤后的照片里，属于我们自己的个性化的辨识度的东西，也随着滤镜和这些美颜效果，一并给过滤掉了。我们每个人都该在拍照前思考，我想通过这张照片，表达什么。应了我现在的生活小习惯，便摆出了这样的姿势；应了我当天的情绪，便露出了不同的表情。真正应该被过滤所留下的，应该是属于我们独有的那部分东西才对。对生活本色的执着，对纯真的需求，才是过滤的真正意义。

诗人与猫

● ● ●

那些从不拖延的人，脑子里都在想什么 ●●●

尺度君一直以来深受拖延症的迫害，为了彻底找出拖延症的病根，我们采访了一些"从不拖延"的读者。老实说，我们真的很想扒一扒，这群人的大脑是由什么元素构成的。

下面就扒给你们看。

（一）受访者 A：因为嫌我打字太慢，她一边受访一边在欢快地烤着蛋糕饼干

尺度君：你是对任何事情都不拖延吗，能举个例子吗？

A：只要事先约好的，肯定不拖延。比如大学期末各科论文，明明还有一个月才截止，然而我会在心血来潮的时候，花一天时间全部完成。

尺度君：坚持不拖延会不会感觉很累？或者说，你是靠意志力在约束，还是说自然而然的就这样了。

A：˘_˘ 我觉得拖延了反而很累哎……我不喜欢当自己想做什么感兴趣的事情时，却发现还有一些别的任务拖着没完成。

所以越是不喜欢的任务或事情，我越是会速度解决，然后就可以自由自在逍遥快活了。

尺度君：所以你看重的是自由支配自己的时间，否则的话就会很煎熬。

A：对的对的，比如大学组合完成调查报告，一直有人拖延，那么我就完成不了整合的部分，所以就很烦。于是……我经常一个人把所有小组任务都完成了，提早上交，省的催别人。

尺度君：要不……最后给拖延症患者传授一点心得？

A：有的！小组任务的时候不要拖拖拖（重要的字说三遍）！这样会严重影响进度，拖累最后整合作业内容的人！还有那些没有不可抗因素就经常约会迟到的人，需要被吊打！

尺度君：这是吐槽吧。

A：好吧，心得只说一遍，越早完成不想做的事情，就会有越多的空闲时间做自己喜欢的事情。

（二）受访者B：小时候因为嫌别人收作业慢，把对方一顿暴打

尺度君：能描述一下在自己生活中，是如何不拖延的吗？

B：收书包不超过两分钟，起床我是闹钟一响，"叮"一下就起来了，从不赖床，拖延症更没有。基本上说，不论几点搞定的任务，我都会提前半个钟头搞定。

别说是我自己了，连我的朋友出现拖延，我都会"吊打"他们。有次和朋友一起去旅游，然后她拖延到出发前三个钟头还没收拾行李，并且还在玩手机。然后我就炸毛了，接着，我就一手包办，把她行李什么的全部收拾出来，飞机起飞前一个半钟头，我搞定了。最后，我

直接把她丢进车里一路狂飙，赶上了飞机。

尺度君：怎么感觉你闺蜜像一件行李被你丢进车里。你是从小到大都这么雷厉风行吗？

B：对，我妈说我小时候，看我一个朋友收作业太慢了，然后揍了人家。

尺度君：额……最后一个问题。有很多人道理都懂，但就是改不了拖延，你觉得怎么解决比较好？

B：心理暗示啊。比如，一顿早餐你必须把它吃完。其他的都很美味，唯一不同的就是混了一个臭鸡蛋。如果你先吃美味再吃臭鸡蛋，你会口臭，会恶心。所以你可以先吃臭鸡蛋，后面美食就可以填补你刚刚被恶心到的味觉，最后的回味也都是香的。这不是一种挺好的安慰方式吗？

尺度君：听起来好有道理。

B：不喜欢的事情一定要快刀斩乱麻，不然就像烦人的前任。

尺度君：真的是最后一个问题：你是不是那种独立生活能力很强的人？

B：没错，基本我的事情都自己搞定，我哥说把我扔出家门，绝对活得好好的。

（三）受访者 C：自曝有强迫症倾向，会半夜爬起来拖地

尺度君：你是那种想到什么就会马上去做，从来不拖延的人吗？

C："立刻、马上，一分钟也等不了"，所以很多人受不了我。

尺度君：应该很多人羡慕才对啊。

C：我们这样的人都是有强迫症的，想到的就想马上去做，要是没去做心里就会不安。我试过在半夜看见家里脏了想拖地，然后我老公让我睡觉，我睡床上怎么都睡不着，还是起来拖完地才安心睡。要买一样东西，马上去买，就算走遍这个城市也要买到，就算病了也要做。

尺度君：你的意思是，如果你拖延了，你会非常难受，以至于根本无法享受偷懒的乐趣。

C：是的，我是个完美主义者，做什么基本都要自己亲力亲为。就算没办法的情况下交给别人，我也会不断打电话问情况。这种性格的人有好的一面，也有不好的一面，好的话就是做什么工作都可以完成得比较完美，不好的话，就是身边没几个人能受得了。

尺度君：原来是这样……我可不可以这样理解，一般人属于会对压力感到不适，而你则是属于只要事情没做完，就比什么都来的痛苦。

C：就是这样，我需要一切尽在掌握才会安心，所以我和别人的舒适区是不一样的，拖延根本不会让我感觉到丝毫轻松，只会让我煎熬。

（四）受访者狒狒：尺度的程序猿，刚拿到微软和 Facebook 的双 offer

尺度君：感觉采访你好奇怪，明明认识快十年了。

狒狒：所以赶点紧吧。

尺度君：你是天生就不拖延吗？

狒狒：我是后天养成的。

尺度君：终于抓到一个不是天生的了！快说你是怎么做到的。

狒狒：拖延是一个结果而不是原因，刻意去逼自己不拖延，对我没什么效果。我以前也拖延，但我发现我拖延主要是没有目标，没有干劲。如果是我自己感兴趣的事情，我是不拖延的。

尺度君：也就是说尽量去做自己喜欢的事情？

狒狒：对！这是核心秘密。我会尽量在一开始就把不喜欢的事情拒绝掉，不喜欢的事不勉强自己做，除非你给我一百万。

尺度君：可是，我们总是不得不做一些自己不喜欢的事。

狒狒：那瞬时反馈就很重要了。你知道瞬时反馈不？就是"Immediately Feedback"，好吧，就比如说，我当初坚持健身的时候，也很拖拉。后来我买了一个超精准的记重器，每次锻炼完我就称一下，就会发现立刻瘦了 2 两，于是乎就每天坚持下来了。

这个就叫瞬时反馈，随时能看到自己每一步的成果，就会比较有干劲。就跟网络游戏一样，反馈很快，所以很容易上瘾。你看那些泡网吧的人，他们玩游戏的时候怎么不拖延啊，通宵达旦玩呢，可学习也没那么拼啊，对不对。关键就是瞬时反馈。

尺度君：那你觉得大部分人为什么克服不了拖延呢？

狒狒：因为他们好高骛远，因为目标太大，不能及时获得成就感。

其实每个人刚开始都挺有志向的，但是目标太大，发现很难实现，结果就蒙了。

所以啊，要立小目标，关键还是获得瞬时反馈……

尺度君：（打断）好了，就到这吧。

我们只放出来了以上四位颇具代表性的受访者。他们的回答有共性的地方，也有不太一致的看法。

但尺度君经过整个的采访，总结出一个规律：这些从不拖延的人，基本都是习惯于独立生活的人。他们习惯了掌控自己所有的事，从不抱着侥幸心理企图依赖他人。他们骨子里都觉得只有自己能改变自己。

但也正如某些受访者所说，不拖延不一定就是好事，你羡慕她们雷厉风行，她们也可能在发愁，如何克服强迫症呢。当然，这个不是你拖延的理由。

夫 爷

● ● ●

不愿意就大胆拒绝吧 ●●●

每个人身边，都或多或少地有几个"老好人"这样的存在，他们与人为善，以诚待人，时常为帮助别人而牺牲掉自己的真实需求和感觉。但与其说他们乐于助人，倒不如说，他们是不懂得如何拒绝。

前段时间，我们在后台跟读者聊天，发现那些善于隐忍，总是无条件答应别人的请求的人，往往得到的不是别人的感恩，而是变本加厉的索取。

所幸我们也采访到了一些，曾经患有拒绝困难症却靠自己成功走出来的读者，或许他们的只言片语，可以让不会拒绝的我们有所裨益。

（一）有时候你拒绝不了的，不是别人而是自己

青春期的孩子特别喜欢拉帮结派，也特别害怕被孤立。在我读中学的时候，我的同桌和我的后桌们，就组成了一个这样的团体，自诩我们这个团体为"四人帮"。

我们每天要一起吃饭，一起上厕所，一起去小卖部，喜欢的明星必须是一样的，开了一个玩笑之后，你的正确反应一定得是哈哈大笑。

可我其实不想在上课的间隙，还要分心去传小纸条，谈论我根本不关心的话题；也不想在一个人散步的时候，被人从后面拍一大巴掌，说"你干什么不陪我去隔壁班看那个男生"；更不想在考试时冒着风险给她们传小抄，过后还要被质问"为什么传答案时你一脸不情愿"。

但是我并不想因为我的拒绝，让自己显得不合群。因为附和总是比拒绝，更简单。

后来在一个午休的中午，我回到教室，她们一个个围聚过来，声称看到我哥哥开摩托撞倒一女生，送她去了医院。

我虽然难以相信，但看到她们煞有其事的模样，想到这种事总不可能开玩笑，火急火燎地准备给家里人打电话，她们却"扑哧"一声笑了出来："骗你的啦，这你也信。"那一刻，想说点什么又觉得极其可笑。

"拜托以后不要开这种玩笑，我会非常介意。"

说完这句话之后，内心里竟长舒了一口气，我终于对这扰人的友谊，说了一次不。

现在回想起那时的自己，觉得真蠢啊，拒绝这类"伪友谊"需要那么漫长的一个学期吗？或许，我之前拒绝不了的不是别人，而是自己。我拒绝不了别人眼中我友善的形象，以及那份令人羡慕的友情。我潜意识里似乎是在等待一个爆发点，期待她们有天能做出一个令我忍无可忍的事，然后我才可以如释重负地，冲着她们畅快说不。

有人说，不善于拒绝的人，只是因为不想伤害他人的感情，所以选择牺牲自己。但这种以自我牺牲为代价的友善，未必总能得到好的结果。

诗人与猫

（二）下次答应之前，先默数十个数

我以前的习惯是，面对朋友的请求，我都一贯会说："行，我来做。"

但是因为总是把别人的事情摆在第一位，往往帮别人做了他们所有请求的事情，我的时间就都花没了。于是自己的计划不断被打乱。直到大三，我应该完成的计划一件都没做完，国二证、四级证、入党、减肥、对象，什么都没有……我是真的着急了。

其实，大部分人的"好啊好啊"是习惯性脱口而出的，根本没经过大脑。答应完之后就马上后悔了，可自己装的 X，跪着也要做完不是？

后来解决的办法是，强迫自己在答应别人之前，心里默数十个数，在头脑里过一下自己今天的计划有没有做完。就这样我学会了先考虑再开口。那十个数能让自己冷静一下，那些自己没做完的事能在数十个数的时候全涌现在脑海里。

就这样，知道自己什么事是最当务之急的了。

别笑，亲测真的有效。

Miracle

（三）没有哪个真朋友会因为你的拒绝而绝交

我有一位很喜欢玩的朋友，她经常约我出去玩，一起吃喝逛街打牌。

后来我发现自己拖欠了很多作业，但是在疯狂赶作业期间她依旧不断约我出去玩。我心里很想拒绝，但也怕得罪朋友，于是作业就草草了事，也抄了一些。幸好老师都还很善良，期末没有挂科，但是成绩很差。

于是我下定决心还是要以学业为重，只在空闲时才去跟她玩，开学以后她第一次叫我，我鼓起勇气向她说："我要上课，这个课不可以逃课。"内心忐忑了好久，但是获得的轻松是前所未有的。

后来她跟我说，如果她因为我不陪她逛街就和我绝交，那也不算是真朋友。这一次的拒绝对我来说受益匪浅，从此自己不想做的事情就诚恳地告诉对方。"我不愿意"，并不会丢掉什么友谊。

包 子

其实关于拒绝，有一个特有意思的现象。如果你在拒绝的时候表现得左右为难，有点吞吐，即使最后成功拒绝了别人，也给人一种"我欠了他"的感觉。因为犹豫就意味着你有权衡的空间，别人就觉得你原本是可以答应的，但却没有。

最经济实惠的拒绝方法就是，毫不掩饰并且坚定地表示：这件事你确实无能为力。就好像你不是"自由选择"了拒绝，而是出于"不可抗力"不得不拒绝，对双方来说，都是一个很棒的交代。

你不必为别人的人生负责 ●●●

（一）有时我们倾听，有时我们分享

和朋友在微信上聊天，她连续用几个长达 59 秒的语音来表达了对一个朋友的感情状况的焦虑，但是中心思想只有一句话：

"哎呀，你说她遇到那么个渣男，为什么还不分！"

她这样焦虑，让我想起了《小时代》里为了让好闺蜜南湘跟渣男分手用尽招数的顾里，然而这样用心为对方着想，对方却不领情。好像每个人的身边都有一个这样为他人着想，却往往不被领情的朋友。

我一直以来都认为：是真朋友，就当然要急朋友之所急。这本身没错，但是很多时候，我替朋友们考虑的，未必是他们想要的。

然而有时候，当那些平时聊天打屁的朋友忽然变得愁眉苦脸，严肃认真地来找我聊人生聊理想聊感情的时候，我又往往不能给到他们想要的帮助，因为我经常会这样想：

"我这样说，到底合不合适？"

我之前在旅游的时候，遇到一个很是投合的姐姐。我们聊了很多，我也得知，她这次是因为感情问题出来放松身心，顺便想在旅途中找到自己的答案。一次在茶馆中，她把自己的问题一五一十地全部告诉了我，因为当局者迷，她希望，作为一个旁观者，我能给她一些不一样的视角和看法。

听了她的故事，我想说如果是我的话，我就会赶紧跟一个不适合的人分了。但是话到嘴边，我却忽然退却了。说到底，我只是一个初出茅庐什么也不懂的小丫头，连恋爱都没有谈过，有什么资格给一个比我年长，比我有社会经验生活阅历的人什么建议？

当时我的心情，恨不得马上发一条朋友圈：

朋友找我做情感咨询，我该怎么办？急！在线等！

她似乎猜到我在犹豫什么。于是对我说：

"如果你真的把我当作一个朋友，那就干脆利落地把你心里的想法告诉我。你是你，我是我，你不必为我的人生负责。尽管说吧。"

我被这段话打动了。当然，虽然这么说，我还是用了一个俗套的开场白："当然这是我自己的想法，不一定对你有用啊……"

我把我的所见所想告诉了她，我们聊了很久，到最后她决定是分还是不分，我不得而知，但是她说：

"不管我最终做的决定是什么，至少你的看法让我对我的现状有了更清晰的认识。"

这件事让我开始从另一个角度思考：当一个朋友找你聊天，把平常难以说出口的心窝子话都掏出来跟你说的时候，他（她）也许只是企求倾诉。

和　时

（二）朋友问我怎么办的时候，我该怎么办

尺度电台开播以来，来找我做情感咨询的人，通常可分为三类。

第一种人是来寻求认同的，即他们已经形成了自己的决定，但是潜意识里又觉得不妥，只不过想来在你这里得到认同。对于这种情况，无论你说什么，他最后还是会按自己一开始的想法做。

比如某女跑过来找你哭诉男友多么渣，但只要对方打一个电话哄一哄，她马上又屁颠地滚回去。她潜意识里就决定会原谅对方，只是她需要在你这里发泄一下，才能完成这个华丽变脸。

第二种人是来寻求"答案"的，即他们是真的很迷茫，但却不想承担做任何一个决定所带来的心理负担，而是想让你替他决定。我认识一些充满母性光辉的朋友，对自己的朋友义薄云天，但通常也容易在这件事上栽跟头。经常一片好心给人建议，到头来可能还要被人怨：

"当初就是因为听了你的话，现在害得我……"

第三种人，则是真正来寻求建议的。

他们通常发问的句式是："我想先听听你对于这件事的真实想法，然后我再自己做决定。"

只有这种情况，你才有必要真正地把你的建议说出来。而其他情况，无论你给出什么样的意见，都是错。

我们之所以不敢向好朋友表达真实意见，无非是怕自己说真话反而被冷落，或者是自己的意见给对方带来负面影响。但实际上，这两者常常同时发生。比如大多数人习惯用"我觉得你应该……"的句式，但这样已经越界了；科学的回答方式是："如果我是你的话，我会……"前者是在做老师教导别人，而后者仅仅是在表达自己的感受。

这中间拿捏的尺度，就是角色意识的区别。我们害怕给对方带来影响，因为我们潜意识里习惯了把自己当成老师。

　　我们有时会自恋地认为，我需要成为对方人生道路上的指示灯，指引他未来的方向。但大多数时候，对方只需要我们成为一面镜子，辅助他看到自己，然后自己明白自己该选择的路，如此而已。我只是你的朋友，不是居高临下教育你的老师，我只分享我的感受和想法，不负责替你做决定。

　　即使你做出了让我大跌眼镜的决定，我也不会丝毫感到不开心。因为既然我没有资格对你的人生负责，那么我也没有资格对你任何决定指指点点。

　　所以让我痛快地说，你痛快地做；所谓净友，大概如此。

夫　爷

● ● ●

你或许很努力，但你未必在用心 ●●●

（一）

在我读中学的时候，班上的同学喜欢在成绩上竞争，学校也在刻意制造这样的氛围。

那时班上有一个女生，被大家公认是班上学习最刻苦的人之一。每天早上总是最早到教室，努力地背单词；一到下午自习，就很勤奋地去找数学大牛解题。每天都按时交作业，从不偷工减料。

但是，她的成绩却总是中等偏下。无论她怎么努力，就是实现不了突破。和她差不多成绩的同学多少都被老师督促过，可对她，没有任何一个老师忍心责备，毕竟她都那么努力了。

我们谁也不愿意把原因归结为"不够聪明"，毕竟这样太伤人了。但是，老师除了安慰和鼓励，也不知该怎么帮她。

平时她在班上总是眉头紧锁，满脸愁容，看得出被学习压得喘不过气。

这样看上去，这个世界真的挺不公平。凭什么有的人边玩边学能考年级前十，而她这么努力了却不能进步？

然而后来有一次，她有一道数学题不懂来问我，我问她说：

"你是哪个步骤有疑问？"

"整道题都给我讲讲吧。"

我有点惊讶："第一步也不会吗？只需要列个公式啊。"

她听我说完，很快回到自己座位上列好了公式，问我：

"那第二问怎么做？"

我干脆一次性把整道题给她讲完，然后她心满意足地回去了。

于是我突然明白了她的问题：心懒。

一般同学问问题，都会明确地说，这道题的 A 部分我想不明白，我自己原本的想法是 B，但是却在 C 那里遇到了阻碍；以及我的解法为什么不对呢，为什么非要你这样解才能做出来？

可她，是只要一发现自己有做不出来的地方，就直接想听到最终的答案。而这样做的结果是，就算这次别人给她讲了，下次遇到同样的题，她还是不会做，因为她根本形成不了自己的解题思路。

直到很多年以后，回想起有次在教室里发生的那一幕，我才明白了她为什么会是这样的状态。在家长会上她的妈妈恳求班主任一定要"救救她"，全家的希望就靠她了。

所以我猜她的内心深处藏着这样一个声音：

"别再给我压力了，你看我都这么努力了，学不好你也不能怪我啊。"

她或许根本就不是真心喜欢学这些，她的努力只是做给所有人看的形式。

（二）

"你是很努力，但你不够用心。"这是三年前老师对我的评语。

那时我的状态很糟糕，没有人愿意喜欢我，因为我总是给人感觉有点娘。老师把整个庭院的厨房扔给我管理，说："男人味是靠不停地承担责任磨出来的，先从学会管理厨房开始吧。"

从没有炒过菜的我，每天要准备 20 个人的一日三餐。吃完饭要负责洗掉所有的碗，所有厨具归位。

而我花了很久才分得清韭菜、葱、蒜苗究竟在外观有何区别，也曾干过把野草误当成通心菜摘回来给大家吃的囧事。

这些我都挺过来了，对厨房的熟练度也每天都在提升，也学会了几样拿手菜。但是过了三周，我却被师姐狠狠地骂了一顿。她直接跑过来，冷冷地跟我说："你还是不要负责厨房了。"

当时我脑子只有三个字：凭什么？我这么多困难都克服过来了，就算做得不完美，难道你看不到我的努力吗？我何曾偷过一次懒！

没想到的是，她随手拿起厨房的一个调料罐一摸，伸出手上沾的油污给我看，然后指着灶台上角落的脏东西、桌子底下的杂物，一条一条列举罪证。

这么说吧，我所做的清理仅限于"一打眼能看得到的地方"，至于其他应该处理的事情，我也曾有过一些一闪而过的念头：

"要不要把角落也拖一下？"

"要不要把其他杂物重新摆一下？"

"要不要把瓶瓶罐罐擦一擦？"

但这些念头很快被另一个念头替代了：

"喵了个咪的，每天干活这么累，这些地方就算不做也不会被人发现的吧。"

最后的那一周，我观摩了师姐对厨房的整理，每一个细节都在按照她自己的构思布局，而不只是"把饭做好，把碗洗干净"。

然后才有了老师对我的那句评语：

"你很认真，但你没有用心。你再怎么认真，也只是把厨房当成任务，只有把厨房当成你的责任，你才会用心做。"

每次回想起这件事，我都会警醒自己：过分沉溺于只做那些有形的东西，实际上是在逃避一些你意识到的问题。

最近有句比较流行的话叫：不要用战术的勤奋掩盖战略上的懒惰。

早起到教室、努力做题、一天洗 N 个碗，这些事情看起来很辛苦，实际上却是最简单的机械劳动。

真正用心的人，会去思考：

"我怎么样做一道题能够解决一类问题？"

"我怎么样洗碗速度会快？"

"我怎么样把厨房布置得井井有条？"

"我怎样炒菜既让大家满意又节省成本又不浪费？"

而绝对不会沉溺于简单的机械劳动，来制造一种"每天都在进步"的满足感。

所以我很不喜欢一句最近很流行的话："你要十分努力，才能看起来毫不费力。"

而正确的说法应该是："你要十分用心，才能看起来毫不费力。"

老花猫

● ● ●

一个人靠不靠谱，看他怎么洗碗就知道了 ●●●

（一）比起做饭接受众人的赞美，洗碗更像是一种看不见的付出

过年的时候，我们一帮朋友约在我家新年聚餐，大家约定好每人当场做一个菜，很快桌子上就摆满了各种美味。但是这样做饭的后果便是厨房变得像战场一样糟糕。吃完饭后，我们望着眼前满桌的残羹油碟，心生倦怠。

"我靠，这些脏碗怎么办。"在节假日，洗碗和 Party 显然不配。最后我们用猜数字来选出了那个负责洗碗的倒霉蛋，其他人都长舒了一口气。聚餐结束后紧接着是下一个游戏，大家在客厅欢乐地玩真心话大冒险，留他一个人在厨房刷锅，谁也没有去多看一眼。大概过了一个半小时，我们玩累了才缓过神来，发现他还在厨房收拾。

只见他已经把碗碟收拾妥帖，仍在用抹布小心翼翼地擦拭砂锅的边缘，厨余的垃圾已经用塑料袋捆好。这个过程中，他没有出过厨房一次，以至于大家都忘了这么个人存在。

我认识的很多人都说："我很喜欢做菜，但我不喜欢洗碗。"在我心里，做饭和洗碗都是一件颇能给人带来成就感的事，前者用食物给人带来幸福感；而后者独自吸纳大家留下的污垢。然而大家会习惯性地夸做饭的人手巧，却很少去赞赏洗碗的人那份"担当"。洗碗之所以不讨巧，是因为这是一种看不见的付出，这需要在大家都懒得不想

动的时候，有一个人出现，并独自去回收破败的污垢。我有时在想，是否是因为大家更喜欢享受那份创造美食的喜悦，却无法忍受事后一个人默默地收拾残局呢？

（二）酒足饭饱之后，谁不想把碗筷一扔了事

毕业后有段时间，我特别沉迷于下馆子吃饭，不是因为外面的有多好吃，而是因为：不用洗碗。

回过头来看看下馆子这件事，无疑是最符合当代人的生活需要的。只要带够钱，往饭桌上一坐，就能吃上一桌足够丰盛的大餐。然后在吃完的时候，这些讨人厌的残羹冷炙又都随之不见。真是人生一大乐事。

厨房在某种意义上和厕所一样，都是藏污纳垢的地方。即使是世间最美味的佳肴，当它变成残羹冷油之后，模样都颇为不堪。厨房就是这么一个温暖又让人抵触的存在，它提供给你最爱的食物，然后又回收了你消化不掉的残留。

直到后来，机缘巧合地管了一阵子厨房，每天看着好酒好菜端出去，杯盘狼藉端回来。每天都要洗几十个碗碟，是一件让人很崩溃的事。

人们在饭桌上大快朵颐，但酒足饭饱之后，都想把碗筷往厨房一扔了事。在天堂享受完，立刻又要回到人间去和这些污渍浸泡在一起，这无疑是痛苦的。

（三）想知道一个人靠不靠谱，看他在厨房里的表现就够了

在厨房的那段时间，偶尔也会遇到这样一些人：他们每次吃完饭，都会习惯性地把自己吃的碗筷洗干净放回原处，并友好地问我需不需要帮忙。也有人根本不问我，撸起袖子就开始帮我一起刷碗。再干脆一点的，直接冲我笑笑说："你做饭辛苦了，碗就由我来洗，你赶紧去休息吧。"形形色色的人，饭后对于洗碗这件事，往往持有不同的态度。人在厨房，仿佛置身于社会。一个人在厨房时是什么样，这个人的品性基本就是什么样。

有段经历总让我感到惭愧，因为在家里的时候，每次我们吃完饭，妈妈都会说一句："碗放着我来洗。"这样形成习惯了之后，我默默形成了一种心理："妈妈都做了饭了，我是不是该帮忙洗碗啊？"但很快又给自己找了个理由：

"反正她都说她来洗嘛。"

"她干了这么多年，早就习惯啦，有我没我都一样。"

于是又可以心安理得地去睡大觉，躺在床上刷微信了。负责厨房之后的那几天，我内心最大的收获是：我要是再 TM 把厨房甩给我妈来收拾，就真是太不孝顺了。我希望她每次做完菜之后，可以心满意足地看着我们吃完，不必再把手浸入到我们吃剩的残羹油污里，而是可以懒洋洋地斜躺在沙发上，迷瞪着眼看看股市新闻，哀叹自己又被套牢了多少。

在厨房里的表现，多少可以映射出一个人对待工作和生活的态度。

当我接纳了洗脏碗的那个我，也顺带接纳了未来要在工作上肩负责任往前走的那个自己。从前的我吃完饭后，可以悠然自得地去做自己的事情，那是因为我还心安理得地接受别人给我的照顾，但是年龄越大，就越发意识到要承担的事情很多。而一个靠谱的人，更愿意去主动接受这个事实，而不是被动地等责任落到头上。所以，如果你想知道一个人到底靠不靠谱，就看看他饭后在厨房里表现如何吧。

老花猫

●●●

被掏空的不是身体，而是你无趣的生活 ●●●

我们公司长年集体出差，导致人员流动性很大，我的舍友换了一个又一个。上个月和我一起住的是来实习的摄影师，一个 94 年的大三小伙儿。

他在这短短的一个月里自编自导、做后期，出了七个视频，还修完几百张照片。为了赶出第二天要用的图，加班加点是常事。

他经常修到一半就会停下来叹口气，"穆木，我好困，想睡觉。"说完倒在床上，睡着了。

最夸张的一次，半夜他在修图，修着修着就睡着了，可是手还在拖着鼠标修图。猛然醒来，发现图中的人物被修成了钟馗。

但他真的好爱摄影，每次工作的放松时间，仍旧是修一些拍摄花絮图，或者琢磨器材。他经常会整理一些很好玩的照片，"穆木过来看！这张图里，你好像刘欢啊！"说完自己笑到直不起腰。

最可怕的是，这位小哥每天起床时间对我来说都是巨大的未解之谜。

每天我从床上起来，伸着懒腰转头一看，他已经不在了。原来已经在客厅做起了 Keep，脖子上挂着白毛巾，亮出两排大白牙，微笑着说"早啊！"这个时候他已经出去跑了一圈回来了。在他的朋友圈里，多了一张天微微亮的照片。

做完这些运动，吃过早餐，他又是一个元气满满的少年，开始新一天的拍摄工作了。按他的说法是，摄影师需要棒棒的身体才能扛得住。

我很确定，这哥们儿每天的活儿都多得让他累得不行，可是每天早上起来还是像打了鸡血一样。我很奇怪为什么他的身体没有被掏空？

他让我想起了龙珠里面那个打不死的超级赛亚人，被揍到变形还能满血复活。打不灭的不是肉体，是战斗的精神。

相反，看"葛优瘫"，最传神的并不是瘫软的四肢，而是那咸鱼般的眼神。没有希望，只有累及绝望。

上个月在景德镇出差。每天晚上，没事我就去夜市逛逛，买点小东西。有一个摊位是卖手工木饰的，师傅在陶瓷学院做老师。业余时间他自学木工，用各种材料雕出精美的饰品。

他每天在那里和来来往往的游客交流，把自己做木工的图片给我们看。其中有一张图是他为了做一串菩提子手钏，把几个手指都磨出了血。

他在说这件事时，语气里没半点抱怨。那串手工磨的菩提子，简单粗糙，但他拿在手中犹如宝贝，和他的眼神一样在灯光下闪闪发亮。

我想起了陈丹青在一期节目里曾提到，很多人想参观他的画室看他作画。他坦言，画画的过程非常无聊、枯燥，就是不断地调色、用笔、涂抹再修改的过程。

一件作品就是通过这漫长又枯燥的过程而被完成的，而个中乐趣，只有经过这条狭长"走廊"的手作人才能懂。

其实每当我们积极地去做一件有意思的事情时，疲倦感并不意味着被掏空，而是被充实。在忙忙碌碌的工作生活中，我们被掏空的并不只是身体的能量，还有精神的能量。

我相信，这个世界上有比我们累十倍百倍的人。我也相信在这群比我们累十倍百倍的人里，有那么一群人，永远不知疲倦。

这种不知疲倦的人是特别幸福的，因为他们的生活有那个值得他们燃烧生命去追求的事物。譬如某一样技艺、物件、爱好，或者是一段爱情。

我很喜欢村上春树的《当我谈跑步时，我谈论什么》。单看书名，可能觉得是健身励志书，但我把这本书看作是村上在讨论"如何对抗现代生活的无意义感"。

跑步之于村上，就像希腊神话中西西弗斯推他的石头。每日重复同样的动作，看起来漫无目的，却依然坚持。

我们在应对日常的琐碎和人生的选择时，总是万分烦忧，大多数人都觉得自己在做不喜欢的事情。更苦恼的是，许多人往往也不知道自己喜欢做什么。甚至大多数人可能穷尽一辈子都找不到那一个"有意思"的事情。很多时候，我们都在疲倦不堪地工作着、生活着、并且努力去说服自己、麻醉自己，接受这样的生活。

于是生活仅有的乐趣，也被一点点儿掏空了。

在这方面，村上在无意义的跑步中却找到了生命的乐趣，这是一种修为。他给了我们一个启发：接受属于我们的那块"石头"，用尽一生力气推搡它，来对抗我们被掏空的精神。

无意义的事物，也能用来对抗平庸的日常，这也是乐趣的一部分。

就像漫无止境的马拉松，跑到一个时候你会发现，是否到达终点其实并不重要。在跑的过程中，虽然你浑身冒汗、口干舌燥、四肢酸胀，但大脑却告诉你：这感觉还不错。

穆　木

● ● ●

对不起，我和你们不一样 ●●●

　　大学有个老师，不喜欢好好讲课，最喜欢闲聊跑题。有一次上课，老师目光在我们身上转了一圈儿，说："我感觉班里的女生都长一样。一样的头发，一样的装扮，一样的表情。"

　　我笑了笑，心想没那么夸张吧，于是环视了一周我们班的女生：确实，几乎清一色过肩黑长直，估计就是脸长得不一样的区别吧。

　　"国外的学生都喜欢把自己打扮得跟别人不一样，染个头发打个耳钉啊，衣服个性张扬的……"老师又看了我们一眼，"其实你们也可以啊，不是说女生就一定要当淑女留个长发穿裙子，每个人都有自己的特点，为什么要把自己打扮得跟别人一样呢？"

　　当时班上没有人出声。

　　我想的并不是老师所期待的"为什么我不可以更与众不同"，而是：

　　"为什么我要与众不同？"

　　"我有什么个人特点吗？"

　　"有人在意吗？"

　　假设班上有一个红色头发，打着耳钉，烟熏浓妆，穿着破洞衣服的女同学。她是不是很与众不同？那，大家是不是会关注她？大家会说，"你看她呐，跟大家都不一样耶"。

　　然后呢，"她看起来好像很爱玩""她一定很难相处""感觉跟她一个小组会很苦恼耶"。

其实大多时候，"不一样"在我们眼里不是优点。

从小开始，我们就害怕自己"不一样"。

幼儿园时候，老师会说："别的童鞋都能吃这些肥肉，为什么你不能吃？"

小学的时候，老师会说："全班同学都会做这道题，为什么你不会做？"

高中的时候，老师会说："每个人都去上培训班，为什么你偏偏不去？"

大学的时候，老师会说："班上每个人都有教材，为什么你不买？"

他们很懂讲话的艺术，喜欢先陈列一个"大家都这样"的事实，再尖锐地指出"为什么就你不一样"这种。

但事实上，我还是偷偷把这些肥肉咽了下去；我留在了课室，一直把错的题重复看了几百遍；我硬着头皮去参加了自己不感兴趣的培训班；我咬咬牙还是买了那本觉得毫无作用的教材……

比起"平庸"，我们更害怕"与众不同"。为了"证明我是一样的"，我们甚至"做出好多努力"：去关心那些跟自己毫无关系的八卦，只为跟朋友多聊几句话；去百度那些奇奇怪怪的网络语言，只为"跟上时代的节奏"；去追当下热门的剧粉某个当红的明星，只为发微博找些理由。

我们都渐渐地融入了集体。

聊着大家都在聊的话题，用着大家都在用的牌子，跟着大家的步子走。

"因为大家都这样，一定不会有错的。"

"如果只有我是这样，一定是我有问题。"

很多国外的电影，都试图以小孩的角度来表达"我是与众不同的"。那个原本只会做题的小学霸，启动了飞机与小王子回到了 B612 星寻找故事里的玫瑰；那个原本胆小又娇气的千寻，后来骑着白龙穿越了整个曾让她害怕的光怪陆离的世界；那个原本自卑又孤独的哈利，在故事的尽头拿起法杖与整个让他恐惧的黑暗世界抗衡。

小时候的我们，内心都有一头猛兽。它充满了好奇心，想象力，善良与勇气；它相信自己就是世界里无所不能的英雄。

只是后来，这头猛兽在现实的跌跌撞撞被驯服，好奇心与想象力带来的也许只是一场灾难，善良与勇气带来的远远没有分数与听话来得重要。等岁月被拉得越来越长，我们想找回那头消失的猛兽，发现已经无迹可寻。

老师教我们写简历的时候都会说："想要脱颖而出，必须要与众不同。"

面试官问你问题的时候会说："你有什么特别的长处，能让我们觉得你可以胜任这个岗位。"我盯着自己简历上空白的长处。

那一刻，我想起了小学时候没有做完作业，被拉到了教务处。

"全班同学都交了作业，为什么就你没交？"老师满口飞沫，滔滔不绝。我低着头，偷偷把在路上抓到的草蜢藏在最深的裤兜里。

后来，我不爱玩了，成绩变好了，爸妈夸我变得听话懂事。

后来，我们发现电视里的梦想导师都喜欢说，"这个选手很有特点，非常有辨识度"。选手的脸上露出了谦虚的笑容，似乎在说：

"对不起，我和你们不一样。"

泳　恩

● ● ●

愿你能够沉迷，也能够清醒 ●●●

（一）我们以沉迷的名义，砌了一道实为欺瞒的墙

上了大学后，我发现每个考上了不尽如人意的大学的人都会为自己找一个除了不够努力以外的理由，我给自己的理由是：高中的时候实在荒废了太多的时间在三流小说上面。

我看了多少小说呢？我自己其实也不清楚。只记得本来用作学习工具，却被我当成看书的电子词典的内存满了又满，里面的 txt 文档删了又删，而我的成绩单却一直鲜见起色。

我有时候在想：为什么在人生最适合学习的时候，我却把大量的时间花在我根本看不上眼的三流小说上呢？多少个日日夜夜我忍着乏睡引起的头痛，勉力撑开快要粘连在一起的眼皮熬过来，只为了把一本沤到发霉的裹脚布般的小说全部看完。看完了之后，除了知道作者的文笔和知识储备有多么糟糕之外，这些叙事手法和描述方式也让我眼界大开叹为观止。在三流小说里面，我发现了一个拙劣的人类作家的想象力的巅峰。

但当我终于彻底厌倦了这样的沉迷，从这些恶劣的故事里抬起头来之后，我开始认真思考我沉迷于这些自己根本不喜欢的小说的原因。很长时间以来，这对我来说是一个谜。

当我看着我的表弟开了 100 多个小号周而复始地从新手村开始玩一个他 5 岁开始就一直玩的游戏时，我也同样不能理解。因为他不久

前才跟我说他早就厌倦了这个游戏，厌倦了投入大量的时间和金钱到一个无聊的游戏里头，于是我问他：你为什么不把大号继续练下去呢？

他说：

"大号不好玩。"

"那小号就好玩吗？"

"也没有吧。都很无聊。"

我突然想明白：无论是看很无聊的小说还是打很无聊的副本，我们都是在做同样的事情，就是逃避现实生活。逃避那些现实中，我们认为的比小说和副本还要乏味的事情。当我们做出一副沉迷的假象时，我们似乎就给自己造了一个与世隔绝的结界，外面的人进不来，里面的人也出不去，我们就可以看似合理地逃避很多我们不想做的事情：洗碗、写作业、出门……这种沉迷与其说是一种堕落，更像是一种自我欺骗。

玉蜀黍

（二）沉迷给了我们得偿所愿的快感，也附带着无法自拔的悲哀

对于童年的我来说，游戏就是我的半个世界。小时候的我，在稍微陌生的环境里都不会愿意说话，看上去就像是一个人情寡淡的人。但实际上，我只是羞于向别人表示好感罢了。那时我钟爱角色扮演类游戏，在游戏世界里，我扮演的角色过着精彩的人生，我完全融入了

进去，被那个"我"的所有爱恨情仇感动。

记得有次通关了一个仙侠游戏，久久不能平复内心，半夜在被窝里感动得流泪。然而第二天是高中的新生报到，我没有主动和周围的同学说过一句话，依旧是那个"冷漠"的自己。谈到沉迷，我们总是容易理解为"喜欢一件事喜欢得不得了"，而忽略了其中"无法自拔"的意味。

游戏世界之所以让人沉迷，是因为它能弥补现实世界里缺失的遗憾。当虚拟世界承载了一个人太多的寄托，对于他本人而言，更愿意把这个虚拟世界当作自己的现实。

但沉迷的快乐与真实的快乐，仍然是有界限的。等电脑一合上，满眼又是残酷的人生。当沉迷者发现自己永远无法把幻想变成现实，那份感受也是痛苦的。不过，我想说的是沉迷所带来的正能量。

成年后的我做了尺度，发现互联网的产品的设计，本身就是一个制造游戏的过程。于是我又回过头去玩那些沉迷过的游戏，一边又跳出来思考："究竟是哪些细节让我欲罢不能，我该怎么运用到我工作的内容上去。"

尺度编辑部里的肥妹，是个典型的剧迷，每次因为煲剧而耽误正事都饱受自责感的煎熬。但自从在尺度做编辑，每次看剧都一副理所应当的样子。"我不看剧哪来灵感写文章啊？你以为我那些选题哪来的。"对此，我们编辑部戏谑她为"政治正确型煲剧"。

沉迷者看似不可救药，但他们唯一的问题，仅在于他们沉迷的世界，与现实世界不连通而已。而我们要做的，就是在这两个世界中间插根管子。这时，我们所有因沉迷产生的热情，都会成为我们真实生活里源源不断的力量。真心祝愿你能沉得进去，也能拔得出来。

夫　爷

●●●

有一天，我发现了爸妈的另一面 ●●●

（一）故事里灰姑娘变成了皇后，可我家的灰姑娘，还是灰姑娘

谁都有小时候。在我小时候，妈妈把我抱在怀里给我讲故事，讲大灰狼的故事，讲公主们的故事，还有她小时候的故事。可我妈不是公主，她从小到大都是灰姑娘一个。

当灰姑娘，意味着需要干农活，需要一个人从十几里地外把一车的棉花运回家；灰姑娘需要自力更生，需要一个人没日没夜地编柳条筐贴补家用；灰姑娘需要照看家人，需要在弟弟妹妹被欺负的时候拿着刀子威吓对方。

故事里的灰姑娘跟王子结了婚，变成了皇后；

可是我家的灰姑娘结了婚，却还是灰姑娘。

我看着她天蒙蒙亮就出门买菜，为了几分几毛的菜钱跟小贩据理力争；然后每天背着米啊面啊油啊匆匆忙忙回到家里，换下衣服就开始扫地洗衣做饭；我看着她为着家里的事情跑里跑外，抽空在家还要做些针线活贴补家用；我看着她一分一线地斤斤计较，终于从破旧的出租屋搬进了明亮宽敞的新房，可是她还是一个灰姑娘。

她有点"小家子气"，总是抱有某种固执的偏见，不喜欢打扮，除了打麻将没啥消遣，二十多年来没出过什么远门，一张嘴可以气死个人。

我以为她天生就是这样的。

直到有一天我从抽屉里翻出了她从前的照片和日记本。看到照片里那个穿着鹅黄色连衣裙的女孩，在日记本里写了一首又一首的诗。

如同所有写诗的女孩一样，她也会在本子里夹着几片好看的树叶，枯萎的花朵，用蓝色的圆珠笔认认真真地写下她对生活和未来的困惑，写下她敏感而忧伤的诗心。

她穿着天蓝的、浅绿的、粉红的、鹅黄色的裙子抬起头来，毫无保留地对着镜头方向的我笑着。我似乎看到了一颗敏感、真诚却又迷茫的少女心，与所有十八九岁爱读书的年轻女孩子一样。

哦，我这才突然想起来，灰姑娘其实没有我一直以为的那样，像个路人甲的中年妇女。

她害怕老鼠，遇见新科技相关的一切事物都手足无措。

她讨厌敷衍而虚伪的应酬社交，喜欢从图书馆里一本一本地借书回家看，但是从来没有足够的时间全部看完。

她还固执地喜欢一切粉色：艳粉色、桃粉色、嫩粉色、水粉色……哪怕她已经不再穿连衣裙。

是什么谋杀掉了一颗少女的心？芥川龙之介在《葱》里这样写一个贫穷却文艺的少女如何陷入一个痛苦的泥淖：

玫瑰和戒指，夜莺与三越的旗子等，转瞬之间成了过眼浮云。而房租、米钱、电灯费、煤炭费、鱼钱、酱油钱、报纸费、化妆费、电车费——以及其他一切生活费用，随着过去的痛苦经验，恰如灯蛾向火光飞集一样，从四面八方扑向阿君的小小心坎。

我记得年轻的时候，她们并不叫她作"XX 的妈妈"，也是唤她"阿君"。

和　时

（二）当了我好多年的偶像，终于可以和我坐在一桌喝酒了

我爸是我人生的第一个偶像，他有很多神奇的技能。

我小时候理头发不用花钱，他在家里阳台就能帮我搞定；他还是做木工的好手，会做鞋柜和书架；他能在天棚挂藤种葡萄，耐心浇灌，守至成熟；关键是他的厨艺，比我妈还好。

这在小时候，他形成了一道伟岸的光环，但它并没有持续多久。我爸是第一个教我下象棋的人，但我升上初中之后就能赢他了；小学时他帮我解奥数题，我觉得他的数学比我小学老师还好，后来到我真的参加数学竞赛时，才发现我爸的境界仅仅止于小学辅导。

高中时我早恋、逆反，他用"过来人"的口吻跟我说：我也年轻过，你现在的心理我能理解……然而我的第一反应是：你不懂。

从无所不知的偶像，变成因无法理解自己而懒得多说的"外人"——我爸的形象曾经一度这样滑坡。

大学有次失恋，内心突然无可抑制地想回家。在家里我爸给我翻他当兵时的相册和日记，其中一天赫然写着，他目睹了一位战友吞枪自杀。

这让我产生了一种强烈的冲击感，看着我爸年轻又陌生的头像，眼前这人好像有着我未曾经历过却又和我有着千丝万缕的"历史"。

当然，我爸再也没有恢复到偶像地位，即便是我刚学会开车，他在副驾依然严厉无比的情况。更多的时候，他需要我帮忙写演讲稿，然后我帮他润色字眼发挥风采；他不会用手机，我也愿意一字一顿地教他。

当后来我们两父子能坐在一张桌子上喝酒，他可以跟我诉说他的压力和不易。我才明白，大概我们多年父子，成了兄弟。

小　多

（三）这个曾经把我扛在肩上带我看世界的人，现在爬几层楼梯就气喘吁吁

我从没仔细想过，摘掉"父亲"这个身份，他应该是个什么样的人。

他很聪明，但因出生的年代时事动荡，所以无法接受良好的教育。即便如此，还是靠着自己的聪明才智，勤奋努力，在单位里有出色的工作成就。后来单位效益不好，他辞掉工作经商。凭借敏锐的商业嗅觉，他让我们这个小家庭步入了小康水平。

曾经听他说过，以前坐着大卡车去外省进货，半夜汽车坏在了山路上。那时候电话还没普及，只能锁好车，走上几十公里去买到需要更换的汽车零件，再走几十公里回来修车。冬天夜里汽车打滑，司机开车，他就下来用手刨土，手被冻得没有任何知觉，刨着刨着便流血了。

大二那年家里出了经济危机。到了该给我生活费时，他发了一条长长的微信给我，大意是这个月先给我汇生活费的一部分，再等两个星期周转一下就会立马给我汇过来。

这是我从小到大的二十年里，第一次真切地感受到他对我深深的抱歉和无奈。这个曾经把我扛在肩上带我看世界的人，现在爬几层楼梯就气喘吁吁了。

这个曾经教我写小学生作文总是能被当作范文在班上展示的人，现在已经看不清楚他要吃的各种瓶瓶罐罐的药的说明。

这个曾经我认为是全世界懂得最多的人，现在常常问我："按哪里可以跟你视频聊天呢？上次教的我又忘了。"

徐 璐

● ● ●

我原以为告别的那天我会哭 ●●●

电影《后会无期》里，有一句经典台词："告别的时候一定要用力一点，多说一句，说不定就成了最后一句；多看一眼，弄不好就是最后一眼。"

六七月份，是一段告别多的日子。

告别曾经的朋友、老师，告别过去的身份，尽管在心里演练了千百回，真正上演的时候，似乎总是变成另外一番模样。

（一）大部分的告别时刻，都是匆匆忙忙结束的

每一次重大的告别到来前，都会让人充满幻想。

比如我幻想过很多次，毕业的那一天，我肯定会大哭一场。

至少小说里都那么写的，在那个艳阳高照的下午，抱着好友，或者鼓起勇气冲过去拥抱那个我暗恋许久的某人，和他们说出最心底的话，痛哭流涕，甚至歇斯底里，这样才能好好地告别。

然而到了真正毕业的那一天，我被各种事情推着走，满脑子都在想，怎么安顿好前来的亲戚和朋友，怎么赶在学士服回收前的最后一刻，穿着它留下足够多的合影，还有，怎么把宿舍里堆积如山的物品运回家。

我一直在忙前忙后，衣服汗湿了一遍又一遍，这一切结束后，我像是完成了一项重大任务一般，把自己和宿舍的行李塞进冷气十足的

车里，一路昏睡回家。

直到晚上睡觉时，我摆着大字形瘫在床上，睁着眼睛看着天花板，才忍不住想：我真的毕业了。

冒出这句话之后，我的脑袋里一片空白。之前想象中的号啕大哭，甚至是依依不舍的啜泣，在这一刻化作了不知该如何应对的面无表情。

没有特别的感受，也哭不出来，只是累到迅速睡着了，这就是毕业的那一天，没有太多感觉的疲惫一天。

"也许我并没有想象中那么在乎它。"那时的我这样解释自己的漠然。

之后，我迅速投入到了上班的生活中，过上了加班族的生活。就这样过了一个星期后，周五的夜晚，终于不用加班的我洗完澡坐在桌前，开着电脑看视频。

"哈哈哈哈哈！这个好好笑！喂——"

我习惯性地回过头，像此前的许多次一样，兴奋地想叫舍友一起来看，结果回应我的，是一个空荡荡、堆满了还没整理好的、一周前运回来的宿舍物品的房间。

我真的，是毕业了。

那一刻，所有的情感像潮水般涌过来，尽管电脑里正在放映的视频发出欢快的笑声，我却猛地哭了出来。原本期许的号啕大哭，迟了整整一个星期。

肥　妹

（二）以为失恋对于我来说，只是不能第二杯半价了而已

"那么，如果你没有什么问题的话，过完这几分钟，我们就到此为止吧"，输入完信息后，我顺手点击了发送。

"嗯。"我得到的回复是一个没有任何感情的文字。

已经是晚上的 11 点 57 分了，三分钟之后，就是我和 ex（前任）约定要分开的时刻。

可惜这个世界上并不存在《失恋指导手册》，我只好照着我的想象，提前准备好了几听啤酒，一清单的歌曲，像迎接新年倒数一样等待着失恋那一刻的到来。失恋应该就是要百感交集、内心忐忑、五味杂陈，要买醉，要好好大哭一场的吧。然而啤酒喝完，歌也听得差不多，我也没有如同预想的那样酸楚难当。

原来失恋就是这样而已，至少我的生活并没有太大的变化，最多是见到"第二杯半价"没有之前那么激动了。

许久之后，忽然想找一家曾经介绍给她的餐厅地址，于是便去翻之前和她的 QQ 聊天记录，然而我发现她并不在我的好友列表里——原来，她已经把我删了。

无须啤酒，也没有情歌，她与我在一起的片段，以及我曾经刻意去回避的记忆，随着她的删除，反而在我脑袋里越来越清晰可见。

我试图去把这些删掉的东西一点一点拼凑起来，但这也解禁了我内心一股前所未有的冲动。并不是要复合，而是想告诉她，其实她对我来说，比我想象的还要重要。

然而不论我再怎么使尽浑身解数，怎么把鼠标滚烂，再也找不回那个我看了几百个日日夜夜的头像了。

原来她早已悄无声息地，消失在我的生活中。离别的这种感觉，在滞后的怅然若失间，让人迷醉。

告别一个重要的人，告别一种身份，在我们看来，无比神圣。于是我们很用力地幻想在自己的未来中，某个重要的离别时刻是如何与众不同。这些分别的情景在脑内的小剧场中反复演练，有时甚至能把自己感动到流下泪来。

似乎只有用更加用力的方式，才能有所交代，才能好好地告别一场。只有这样，才能在心底完完全全放下。

然而许多时候，当那一刻真的来临，它却平淡如常，没法烘托起在脑海中策划好的宏大演出。

"我哭不出来。"

"我没什么感觉。"

"好像也就那么回事。"

那些生命中无比重要的瞬间，回过头看却平淡无奇。那天的风和太阳，与组成你人生中的其他日子的风和太阳并无二致，但却在你剩下的视角里发挥着绵长的作用。令人动情的不是告别的那一瞬间，而是当你真切地意识到那个重要的人或事，就此回不去了。

原来离别，如同陈酒，后劲绵绵。

我想沉入一段歌词中：

"再见，我们追逐的美梦。在每个深夜，敲痛我们的心。那些疯狂的念头啊，慢慢地淡出我们的脑海。"

"时间像暴雨倾盆，来不及把全部交给你，时间像暴雨倾盆，我们匆匆说再见。"

——张过年《再见》

番薯君

● ● ●

后记 ●●●

尺度成立的那一天开始，我就养成了一个习惯：

每天早上醒来第一件事，就是打开手机登录后台，看看又收到了多少留言，增加了多少个陌生的关注。然后，和这些陌生又熟悉的朋友聊会儿天。紧接着，就要面对一个周而复始的严肃问题：今天发什么，明天发什么。

在不断地想选题、写推文、回复留言的过程中，享受一场奇妙的体验。这也迫使我们不得不去看、去观察、去思考到底写些什么会更有意义。

所幸一路上，每天都会有来自尺度用户的支持和鼓励，你们让我们知道，做这一切都很有价值。

在最初还没有什么人关注的时候，支撑着我们走下来的，其实是一种单纯而不切实际的目标。当时我幻想着，这个平台将来会发展成一个囊括一切年轻人精神交流的社区。

过了很长一段时间，我们渐渐发现一开始想做的事情太远。"Too Perfect to Be True"（痴人说梦）。但假设没有一开始美丽的愿景，尺度也不会努力坚持到现在。无论尺度过去经历了什么，只要现在仍能带给你们价值，这才是我们不断走下去的动力。

现在，我们能够更加清晰地知道，将来尺度要发展成什么样子。

作为一个聚集年轻人的公众号，我们期望收集到许多不同年轻人的生活素材。这些素材经过雕琢和打磨可以成为一面面镜子，让每一个青年人更容易找准自己的位置和方向。

它会是当代青年生活状况的一个缩影，而我们则要不断地去观察、解剖和记录青年生活的每一个侧面，挖掘出值得被我们关注的地方。与此同时，这也给了我们更大的考验，它需要我们不断地走出去看，离开自己的舒适区，抽离自己狭隘的交际圈，成为生活的观察者。

建号两年半，正式运营一年，公司化运作的第三个月，我们一直在迈步前进。很欣喜，尺度的第一本书能与读者们见面。现在，尺度要开启新一轮的作者招募，第一场线下品牌活动也要打响。

对于不少爆文大号来说，尺度的发展并不快，但庆幸的是，我们能够按着自己的节奏不断地走下去、不放弃，这就够了。

远方是未知的，我们是坚定的，这本书是一个新的里程碑，庆幸你能和我们一同参与、见证。

祝：正在翻阅的你，一切都好。

夫 爷